春、死なん

紗倉まな

講談社

目次

装幀　宮口　湖

写真　尾黒久美

春、死なん

富雄《とみお》の瞼《まぶた》が男の細い指で思い切り引っぱられた。乾きを防ごうと、目の奥から熱い涙が溢れてくる。腐ったような男の吐息がやけに目に沁《し》みた。「うん、やっぱり何もない」顔を背け、富雄にはよくわからない筆記体でカルテにすらすらと何かを綴る。「つるんつるんの、綺麗な角膜ですよ」五十代前半だろうか、医者の男は大きく頷きながら、そう言い捨てた。

富雄は納得いかなかった。やっぱり何もないだなんてそんなわけはない。ぷしゅうと間抜けな音を立てて消毒液の臭いが室内に広がる。医者は両指に、入念に液体を揉みこみながら、「一応、何種類か点眼薬を出してみますけど」とこちらに向き直った。

ちがう。そうではない。

富雄の眉間に寄せた皺《しわ》がさらに深まった。

「先生。先ほども言いましたけど僕の中では『何かある』んですよ」

「ああ、はいはい。えっと、『まるで瞳に油でも塗ったかのように世界がぼんやりと朧《おぼろ》げに霞んでいる』んですよね」

「そうです」深く、富雄は頷く。

「でもねえ、そんなことを言ったって」医者が困ったように顔を歪《ゆが》めた。「畠山《はたけやま》さんくらいの年齢ともなれば、何かしらの違和感を感じてもおかしくはないんだよなぁ。目もね、ほら、生ものだから、多少の鮮度は落ちるでしょ」医者は腕を組み直すと、うーん、と一度大きく唸《うな》った。

「単純に視力が低下しているだけなんじゃないかなぁ」壁に貼られている症状の一覧表に医者はゆっくりと視線を移し、沈黙がまた新たにうまれた。「まあ薬にも相性がありますから、まずは一週間試してみてもらえないでしょうかね。どうでしょうかね、畠山さん」あやすような甘ったるい医者の口調は、富雄の嘆きをさらに触発させる。

「いいえ、視力の問題ではないのです。それだけは断言できます。眼鏡をかけていても時折、ぐらりと視界が歪んで危うく転倒しかけたことだってありますし」「それは困りますね」「そう、困っているのです」「はあ。不思議だなぁ」「いやいやいやいや、怪奇体験を話しているわけではなくて」と先ほどから話はこの調子で進まず平行線である。

富雄に割いている診察時間に痺れを切らした顔の女看護師が「先生、まだでしょうか」と扉から顔をのぞかせた。一瞬、安堵《あんど》の表情へとふやけていった医者は富雄に向き合うと穏やかに話し始めた。

「畠山さん、今はほら、花粉症もひどい時期でしょう。世界が霞んでいるって、それ、実は僕も経験があるんですよ。去年のこの時期くらいかなあ。見上げた空があまりにも朧げで美しくて、おお、春霞、何とも風情があるなぁなんて、呑気にも写真を撮ってみたんですよ。そしたらね。『それ、PM2・5ですよ!』なんてうちの若い看護師たちが口々に言うもんですから、ほんっとう、びっくりこいたわけで。花粉症って響きは軽いですけど、原因は大気汚染、空気自体が汚れている証ですからね。そりゃあ、畠山さんの視界もくすみます。まぁ僕も、かれこれ花粉症は十年以上の付き合いで、何ともしんどいものですよ。こればかりは医者でも、ひどいもんはひどい。空だって花粉症、そんな状態なんですから」

街の眼科医は時折痒《かゆ》そうに瞬きを繰り返した。

「あの、それでは、空気中の微粒子が見えているのは」

は？　医者の顔が間抜けに歪む。「微粒子？」

「はい、物の周りにうごめいている、小さな気泡のようなものです」

一瞬怯《ひる》んだ様子の医者だったが、しばらく富雄の顔を見つめると、ふっと鼻で笑った。

「あのねえ、畠山さん。空気中の微粒子はどうやったって、それこそ天地がひっくり返ったって、頑張っても肉眼では見えないものなのですよ。学校でもそう習ったでしょう。それは視力5・0の人であっても、特急電車に乗って駆けぬけていく人たちの顔が一人一人見えるほど動体視力が優れている人であってもです。空気中の微粒子？　僕だって見られるものなら見たいなぁ」おどけた声で「微粒子かぁ」と言いながら、カルテにぐるぐると丸を描き始める。

「わかりました」諦めて、富雄は立ち上がった。

「そんなにお悩みでしたら、畠山さん、違うお医者さんを紹介しましょうか」

「えっ、専門医がいるんですか？」富雄は声を上ずらせて思わず振り向く。

「精神科医に、知り合いが」

富雄は診察室の扉を叩きつけるようにして閉めた。周りの患者や看護師から冷笑の視線を一斉に浴びる。何食わぬ顔で処方箋を受け取り、近くの薬局で一度しか使わないであろう点眼薬を、いらぬ説明と共に受け取った。その点眼薬も、はて、どこかで見たことがあるなと思うと、二つ前の眼科で処方されたものと同じなのだった。

ここ最近、富雄の目に感じる違和感がますます濃くなってきていた。気にしないようにするには少しばかり無理がある。尻にできた痣《あざ》でも、頭部にできた脱毛斑でもない。鏡を見なくても、眠っているとき以外は常に感じる身体的ストレス、一向に解決の光が見えぬ不調は、精神を鑢《やすり》でもって、不快な音を立てて削り落としていくように富雄を弱らせた。

悶々としたまま帰宅した富雄が、ソファに座って真っ黒い画面のテレビをぼうっと眺めていると、玄関のチャイムが繰り返し鳴り響いた。重い腰をもちあげて扉を開けると、孫の静香《しずか》の赤らんだ顔がさらに怒りに膨れていった。

「ねえ、おじいちゃん。道でまた怒鳴ってたみたいじゃない。さっき西条《さいじょう》さんから言われてすっごく恥ずかしかったんだけど」

西条、確か斜め向かいに住んでいる夫婦だったか。何度か回覧板を渡されたことはあったが、富雄はきちんと会話をしたことがなかった。

「もうさ、そういうのやめようよって何度も言っているじゃない。こんなことばかり続いたら、気まずくて住みにくくなるんだから。少しは周りの目を気にしてよ。突発的に怒鳴られたら、みんなが怖がることくらいわかるでしょ？」

富雄は、扉にもたれたまましゃべり続ける静香の顔をじっと見た。孫の顔もまた、ぼんやりと春霞がまとわりついているようにぼやけている。高校生のくせにしっかり厚化粧が施されているが、凝って塗られた瞼の陰影や派手な頬紅が肌の色と混じり合い、じっと見つめているとそのうち、強引にかき混ぜられたように色が渦巻いて、顔の中心部へと引きこまれそうになる。

「じいちゃんは、そんなことしてない」

富雄は大きく首をふった。俺は怒鳴っていたのだろうか。確かに小言を吐き捨てたような気はしたが。

眼鏡を掛けなおして大きく瞬きをする。葉の上で転がる露のように、ぷつぷつと膨らんだ小さな球体が孫の顔の周りにくっついたり離れたりを繰り返しながら、ゆっくりとうごめいているのが見えた。……微粒子だ！　富雄は心の中で叫ぶ。しかしながら気にしないようにつとめ、静香用のおじいちゃん顔を咄嗟《とっさ》に作る。優しく、穏やかで、善良な老人であるかのように。

「どうして外に出た瞬間に攻撃的になるの」静香が大きくため息をついた。

玄関の扉を閉めさせ、立ち話のまま富雄は、前々から感じていた不調の件を、静香に伝えることにした。はじめはうんうん、と共感したように頷いていた静香も、途中から、うーん、と少し悩む間が生まれはじめ、しばらく困ったように首を傾げていた。

「確かに病院は替えた方が良いかもね」

「俺を精神病だと思っているのか！」

「だってそういうのって、カウンセリングを受けてよくなることもあるんじゃないの。微粒子が見えるだなんて、軽く次元越えすぎ」

悪いけど、ちょっとティッシュとってよ。静香が腕を伸ばす仕草をするので、富雄は靴箱の上に置かれていたティッシュ箱から一枚引き抜いた。目に見えぬ国境線が引かれているかのように、静香は富雄の部屋に踏み込もうとはしない。だって、部屋の加齢臭がしんどいんだもん。以前、そんな本音をぽろりと漏らされたとき、富雄はひどく傷ついたものだ。もう一枚。静香は険しい顔を深め、鼻から垂れてくる水を根こそぎ出し切ろうとする。

「私も今年の花粉にはまいってるよ」

ちいん、と鼻が悲しそうに泣いた。

乾燥でめくれた小鼻の皮と、それ以外はきちんと整えられている静香の横顔を眺めながら、そういえば自分はただの一度も、鼻炎や花粉症に悩まされた経験がなかったことを富雄は思い出す。とはいえ、誰とも共有できないこの症状は、一層富雄の不安を煽《あお》るのだった。

一体全体、俺はどうしてしまったのだろう。庭に降りそそぐ、布で濾《こ》したようなやわらかな日差しに吸い込まれそうになりながら、朦朧《もうろう》とした時間をやり過ごす。

外に出てみても、目に映る景色にまた新たな苛立ちが生まれ始める。

どこを向いても、マスクをしている人ばかりだ。まるで白旗を掲げるように、街を白く染め上げている老若男女、さらにはまだ富雄の腰にも届かぬ背丈の子供までもが、顔の殆《ほとん》どを白で埋め尽くすようにして外気との遮断を図っている。なんという現代病であろうか。白、白、白。

春霞という名の公害の景色の中誰しもが下を向き、風が吹きつけるたびにクシャミをしながら背中を丸め、スマートフォンの画面を見つめ、おぼつかぬ足取りで死者のように歩く。富雄にぶつかりそうになっては舌打ちをし、時折ため息をつきながら鼻をかむ。

平日の午後になると、富雄は決まってスーパーへ向かった。その日は夕飯用の野菜や肉などの食材と、総菜を適当に手に取った。飲み物コーナーを通ってレジに行くと、いつものようにスーパーのポイントカードを提示する。

「箸は二膳で」

富雄のリクエストに「二膳ですか?」と必ず疑問がかった声が返ってくる。レシートをわたす中年の女性店員のふっくらとした手に、いつしか触れたことのある女の温かな記憶が蘇えった。

スーパーを出て駅のロータリーを横切り、騒《ざわ》つき始めた商店街を歩幅を小さくして通る。若者やサラリーマンが吸い込まれるようにして牛丼屋に入っていく。老人の溜り場と化した喫茶店では、作業着を着た歯のない男らが大口をあけて笑っていた。客入れに苦戦している寂れた中華料理屋の店内では、頬杖をついた店員が退屈そうにテレビを観ている。だがそれらの風景はどれも、白目の部分が無意識に捉えたも同然のような心を動かされない世界だ。富雄の大きな黒目には、通りすがりのベビーカーを押す若い人妻と、その下でぐずりだした赤ん坊がほのぼのと映り、懐かしさに加え、今は失われた家庭というショーを見せつけられた気分に浸る。耳にピアスを星のようにちりばめた、夫らしき若い男が缶コーヒーを傾け、ベビーカーの一歩後ろから、「我は二人目の子供」といわんばかりについていくのを見届けた。以前の富雄も、同じような光景の中にいた。遡《さかのぼ》ればもう、果てしなく昔のことのように感じる日常。

——あぁ、また朧げに。

こめかみを指先で強く押さえると、少しだけましになった。

次にコンビニエンスストアへと足を運んだ富雄は、初めから動線が決まっているかのようなスムーズな動きで、バラエティに富んだお菓子コーナーを見定め、口の中でそれらの甘みを押しつぶすようにしてから、冷凍食品コーナーの前に立った。今まで置いていなかった食品会社の餃子《ギョーザ》が新たに一品、加えられていることに気付き、じっと眺める。すでに富雄の手には、豊富な食材で大きく膨らんだ袋がさがっている。しばらくこうして、時間を潰しているのだった。

品出しをしていた店員が一人背後を通り過ぎたのを確認し、富雄はレジの横に急いだ。なぜ、どうして、レジの近くなのだろうか。富雄が抱いている僅かな疑問が、雑誌の配列に反映されることはない。芸能雑誌と明確な境界線をもち、「巨乳」「人妻」などの文字が躍る独立国家を眺めながら、早くも欲情がふつふつと足底から沸き上がってくる。

東京オリンピックに向け、アダルト規制が厳しくなるとニュースで見た。数年後にはコンビニからアダルト雑誌が全てなくなるとまで言われているのだから、雑誌コーナーの文化もがらりと変わっていくのだろう。しかし時代の変遷を実感するのは、何かが明確に変わる前ではなく、いつだって変わった後なのだった。

富雄は表紙の女たちから向けられた視線に応えるように考える。

――さて、どうしようか。

息子から渡されたものの、未だにうまく使いこなせないスマートフォンというものは、富雄にとってもはや電波を発信するハイテクな時計と化しており、それでもたまの衝動で、無料で提供される如何《いかが》わしいサイトに飛んでみたことがある。何者かに見張られているような妙な緊張感と後ろめたさの中で、バナー広告をうっかりタップして高額請求の画面表示が出たときには、富雄はこれまたうっかり大きく叫んだが、翌月の明細書を見てほっと胸をなでおろしたのだった。富雄が覗く小さな画面の奥には、不吉な暗闇が広がっているような気さえする。ポケットの中に入っている「今」という時代を使うことは何とも不気味な選択だった。そのせいで数年前から、富雄はアナログ的な方法でもって渦巻く欲望を処理することにした。

妻の喜美代《きみよ》の温もりや匂いが、浴室やリビングの絨毯《じゅうたん》や台所の隅っこ、鏡に着いたわずかな水垢、それから最後には、あれほどまぐわい合った布団の上からも一切消えた。完全な独り身になったことに気付き、家が自分だけの世界となってしばらくの間は意識していなかった性が、身をよじらせるほどに襲ってくるようになった。

喜美代がいるときにはこんなことはなかなかできなかった。できなかったというよりは、したくない、という気持ちが歯止めをかけていた。金を払ってまで見知らぬ女の裸や性行為を見て楽しむ理由も、そこまでして迫りくる何かを処理する必要性もなかった。拒否することのない喜美代にせがめば、欲情はひとまず満たされていたからだ。

しかし今ではどうか。一人で満たしたあとの虚無感には惨《みじ》めな気持ちにさせられるものの、その前の何ともいえない孤独感の方が、富雄をより世界の隅へと追い詰めていく。

——さて、どうしようか。

寿命が刻々と迫っていることを告げるような身体の節々の痛みは、一つが収まればもう一つの関節へと、輪唱するような仄《ほの》かな時差でもって移っていき、完全回復という状態がなくなった。徐々に血肉をそぎ落とすように体力が奪われていくのを感じているうちに、失うものを諦めていくことも増えた。

そういった身体の変化により、傍目《はため》から見れば、富雄の七十歳の老体からはすでに抜け落ちたと思われているであろう性欲が、枯渇どころか、実際には持て余すようになっている。その性への衝動は、盛りの時期に比べれば劣るものの、今なお並々ならぬものである。海老のように丸まった背中を少しばかり伸ばすと、ぴきき、と骨が悲しく鳴るのを感じつつ、悲観に耽《ふけ》る前に今宵《こよい》の為の選別へと意識を向け、パネルマジック並みに修整加工された美女たちの表紙を眺めた。細胞の全てが震えながら若返る高揚感が生まれてきて、ようやく決意した。

一人の客が店内に入ってくると、富雄の身体はスイッチを押されたようにDVD付きの一冊を手に取った。紙パックの緑茶をアダルト雑誌の上に載せるようにして、レジでその日二度目の会計を済ませた。

自宅に戻り、レジ袋に詰まった食材を一つ一つ丁寧に冷蔵庫に入れていく。数年前までは自炊などせず、常にすっからかんだった箱の中に、適度な空白をもって並べられていく肉や野菜や飲み物を見ると、妙な安心感を覚えるようになった。所有する箱の中に、必ず消費されるエネルギーがきちんと整列しているのは、どこか自分の身体の内部を見ているような心地よさでもある。ふと、喜美代もこんな感じで買い出しに行っていたのだろうか、と富雄は懐かしく思った。

壁掛けの時計を見ると、すでに五時を過ぎていた。

柔らかな陽光の束が、庭の草を撫《な》でるように照らしている。うっかり眠りに引きずり込まれそうになるほどの穏やかさをすかさずカーテンで遮断し、電気を消して、富雄は事務的に準備をする。座るスペースを確保するべく散らばった雑誌や新聞を搔《か》き分け、先ほど購入した雑誌の、付録としてついていたDVDのパッケージを丁寧に点線に沿ってちぎり、デッキに入れて正座した。

その瞬間、一つの影がカーテンの向こう側で踊るように跳ねた。

子犬のような女の高い声が庭に響きわたる。

「少しは手伝ってよ！」

何度聞いても慣れない女の癇癪《かんしゃく》声に、富雄の体が硬直した。

「まじうっさいなぁ」

しばらくして、また同じような高い声色でもって、だけれど今度は聞き覚えのある違う子犬が、きゃんっ、と勇ましく叫んだ。

「ほとんどがあんたの服なのよ」

嫁と孫の洗濯物を取り込むにぎやかな掛け合いが済むと、ものすごい勢いで扉が閉められ、隣の富雄の家までを振動させた。

また静けさが戻る。

「ああいそがしい、いそがしい」

隣には決して届くことのない独り言をつぶやくと、固まっていた富雄の身体が、再び命を吹きこまれたようにゆうらりと動いた。

人妻ものと言っても最近はもっぱら、孫の静香と大差ない年齢の女優が演じていることが多く、そのシチュエーションと所作だけが人妻であり、化粧の濃さと巻き髪の程度により熟女に「させられて」いるのだった。富雄は何とも淫《みだ》らな文字が連なった大きな見出しと、豊満な裸体、飛沫《ひまつ》のような汗に乱れた女の髪の流れる様を眺め、新たに気持ちを高ぶらせると、再生ボタンを押した。チャプターの選択はあまりよくわからない。DVDに収録されている通り、鑑賞は律儀に順番を追っていく。また視界が霞みがかったような気がして何度か頭をふった。

この部屋には、誰もやってこない。

二世帯住宅というのは響きこそは共同体めいているが、完全分離された富雄の家のような場合だと、全く別の形態となることを、この数年で痛いほど思い知らされたのだった。

富雄が、息子である賢治《けんじ》から二世帯住宅を提案されたのは、富雄の定年退職後、喜美代と那須への移住を考えているころのことだった。

「二人とも穏やかな老後をイメージしているのかもしれないけど、那須で二人きりって、あんな辺鄙《へんぴ》なところで何かあったときどうするんだよ。俺だって仕事をしているんだからすぐには駆け付けられないし。母さんか父さんの片方が倒れたら大変だろう。車だってもってないくせに、どうするんだ」

急に押しかけてきた賢治は、一方的に長々と説教をするように話し続けた。

「辺鄙って言ったって。ここだって、そこそこ田舎のほうじゃないの」

「何言ってんだよ。都心との近さでいったら雲泥の差だろう」

喜美代の言葉を強く遮ると、賢治は、自身の中での結論に改めて辿り着いたようだった。

「だからさ俺、良い考えがあるんだけど」

良い考え。蓋《ふた》を開けてみれば、賢治が金銭面もすべて負担するという条件で持ってきた、分離型の二世帯住宅案だったのだ。

「そんなことしてもらっていいのか」富雄は驚いて声を出した。

「俺だって母さんたちが隣にいれば安心だよ。何かあれば助け合えばいい。孫の成長を見たいって二人とも言ってたじゃないか。まぁ二世帯っていうといろんなトラブルのこととか考えるかもしれないけどさ。家は完全に分けられているから、プライバシーだって守られるし」

もちろん親父たちに負担はかけさせない。

気付けば賢治の熱弁の勢いと最後の一言にのみこまれ、固めていた那須への決断もあっという間に消失していった。

富雄と喜美代がずっと積み立てていた貯金は、まず賢治の私立大の学費のためにまとまって消え、そのあとは定年退職後の、穏やかな老後へ続く希望の資金となっていた。息子の結婚。孫の誕生。新たな家族の門出の祝いも済み、気が付けば富雄たちも還暦を迎えていた。わずかだが退職金も出たので、夫婦で那須に何度も足を運び、中古の一戸建てを購入しようと決めて心を躍らせていた最中、息子は足下から鳥が立つようにやってきて、二人にまくしたてたのだ。

その二週間後、賢治が敏腕な営業マンさながらの様子で二世帯住宅案の図面をもってきた。

「こんなに広いの？」

図面を見るなり、肯定も否定もせず、ずっと口を閉ざしていた喜美代が小さく叫ぶ。その指先がさしているのは室内ではなく、庭だった。

賢治が我が意を得たりと微笑んだ。

「そうそう、ここで母さんが好きなガーデニングもできると思って。よくおばあちゃんちで作ってたじゃん、夏野菜とか」

「うーん。そうね。庭は、いいわね」

喜美代の実家ではトマトやナスやピーマンなどの夏野菜を栽培していたのだ。とはいっても、それは賢治が幼いころの話だ。覚えていたのか、と驚きながら、賢治の誇らしそうな顔を眺める。富雄の記憶からはすっかり抜け落ちていた。

「玄関も別々だけど、庭が唯一の共有スペースなんだ。洗濯物とかもさ、雨が降りだしたらどっちかが取り込んでくれたりとか、なんかそういう二世帯ならではの良さ……とか、俺もよくわからないけど、生まれそうじゃないか。里香《りか》も開放的なスペースがひとつでもあったほうがいいんじゃないかって」

老後というのはそれまで一度たりとも、息子から触れられることのなかった未来だった。なぜ急にこんなことを言い出したのだろうか。「このままでは引き戻されてしまう」と秘かに抱いた不快感は、良識的な判断からしても、持ち合わせてはいけない感情であるはずだった。

別に悪い話ではない。それならそれでいいのではないか。生活上の決定権は、これまでもずっと喜美代に預けていた。

横に座っている喜美代は、反論する気すらそがれてしまったようで、指の腹で爪を擦りながら俯《うつむ》いている。賢治が「なぁ母さん」ともどかしそうに声を出した。

「お願いだから、親孝行くらいさせてくれよ」

一人っ子の宿命。その言葉が真っ先に、富雄の心の中に浮かんだ。両親から一身に自分だけに注がれてきた視線や愛情を、どこかで返さなくてはいけないという後ろめたさが、賢治の心の中にはあるのだろう。賢治を躍起にさせるのは、この両親の最期まで見届けるのは自分一人しかいないという、鉛のように流れ込んでくる重たい役割と宿命でもあるはずだ。

自ら下した決断を貫き通そうとする賢治の頑固さは、父親である自分譲りだ、と富雄は思った。

隠居。セカンドライフ。子供のために生きてきた生活から抜けだし、見知らぬ土地へ移って、誰にも干渉されずにのんびりと余生を過ごしていくこと。その中にはもちろん、息子との距離に比例して膨れ上がる、親なりの気がかりもあった。血が繋《つな》ぎとめるたしかな後ろめたさだ。

この提案が二人にとって絶対的な幸せであるはずと信じ込んでいる賢治に、どのように否定すべきなのか。そもそも否定する理由なんてあるのだろうか。遠く離れても、困ったことがあれば最後に頼るべき相手は、賢治しかいない。セカンドライフへ向けて、ささやかにも豊かに膨らんだつぼみが、徐々にしぼんでいく。たまには賢治に甘えさせてもらおうかね。富雄がそう言うと、喜美代の顔に、憧れと諦めが一度大きく交差し、一人の女から一人の親へと戻ったように見えた。

「まぁ、賢治がそこまで言うなら」

案外、いいのかもしれないわね。困ったように笑う喜美代につられて、富雄も頷いた。

ゆっくりと果てた富雄は目を瞑《つむ》る。チャプター一編は二十分ほどの短いものだが、富雄はいつも二つぶん見るようにしている。体にぶらさがっただけの心もとないそれを、あらかじめ湿らせておいたタオルで丁寧に拭い取り、しばらく呆然としていると、一気に肌寒さが襲ってきた。寝室に戻って何年も繰り越して着用している年季の入ったカシミア製のカーディガンを羽織り、ニュース番組へとチャンネルを切り替えた。台所へ向かい、いつものように一人分の夕飯を作り始める。

六年前に喜美代が死んでからしばらくは、自炊はおろか、家事もままならない状態だった。洗濯機に水気を含んだ洋服をそのまま忘れて数日放置することもあったし、シンクには臭いがひどくなるまで食器を重ね、虫が湧いて慌てたこともあった。全ての部屋に掃除機をかけるだけのことが、ここまで身体を使い、汗をかくほどの運動量であることも知らなかった。

食事もいまだに、肉と野菜の種類だけを変えて炒めたものばかりで、その貧しいレパートリーにはすぐに飽きてしまう。だから時折、喜美代が生きていたころは全く使わなかった総菜というものを利用した。安い上に自分が作るものよりも素材が豊富で栄養価も高い。何より手間がかからないのが魅力的だ。毎日あれほどまで必死に食事の支度に明け暮れていた喜美代の後ろ姿を愛しく思い浮かべながら、パックから小皿に移し替え、電子レンジで温める。さいきん、炊飯器の調子も悪い。同じ水量で炊いているはずなのに、おかゆのように炊きあげられていることも、米の芯が硬いこともある。今日はどうだろう。恐る恐る蓋を開けてみると、辛うじて食せる程度の未熟な炊きあがりであった。二つの茶碗それぞれの半分ほどに米をよそい、その一つを、今はもう誰も座ることのない席の前に割り箸と簡易的に作った野菜炒めと一緒に置いた。

音のある方に意識は引き寄せられる。テロが起きている国から現地リポートをしている若手ジャーナリストの声を聴きながら、ゆっくりと咀嚼《そしゃく》した。

物騒だなぁと他人事のように、暢気《のんき》に構えているこちら側に警告するように、ジャーナリストの背後では燃え上がる火の中で、爆発音が連続して聞こえ、現場の緊張感がさらに増していく。後ろでは日常的に見ることのない、長い銃をもった青年と崩れた廃墟が映り叫び声が飛び交う。「こちらでは先日からずっと……」リポーターが話しはじめた途端、中継の様子が途切れがちになり、突如映像が固まった。画面が切り替わり、姿勢を正していたアナウンサーの顔が、視聴者へ安心をもたらすように和《やわ》らげられていく。

「失礼いたしました。それでは次のニュースです」

都内で、高齢者の運転する車が店に突っ込んだというニュースが再現VTRと共に流れた。店にいた数人が病院に運ばれ、そのうちの二人が意識不明の重体だという。加害者側の老人は、全治一週間ほどの軽傷で済んだと、アナウンサーが原稿を読み上げた。高齢者、という言葉にひっかかり、手元の皿に向けていた視線をテレビに戻す。

「最近、このような事故が増えましたよね」

「アクセルとブレーキを踏み間違えてしまうというミスは、高齢者になるほど多くなっていきますから、注意が必要です」

「アクセルとブレーキを間違える、ってなかなか怖い話ですよね」

「そうですね。明日からは週末ですし、久しぶりに運転しようと思っていらっしゃる方には慎重に運転していただきたいですね」

専門家らしき男性が困ったような声で注意を促した。

青年が銃を持ち、死に最も近い場所で懸命に戦っている一方で、高齢者はまるで、不吉なものを招く死神のようではないか。富雄はぞっとした。なぜか鳥肌の立つ腕を片手で抑え、今回のニュースの流れがそう感じさせたのだろうか、と顔をしかめる。

いや、そうではない。自分の中にも当てはまる何かがある。何もせずとも溜まっていく家の埃《ほこり》のように、年々、心に積もっていく灰色の雪の正体に、どこかで気付き、気付かされていた。涙のせいか目の異常か、朧げな視界を彷徨《さまよ》いながら、また油を一滴垂らしたような世界の中で、輪郭のぼやけた家具の一つ一つをちらりと眺め、微粒子がくるくると蠢《うごめ》く奇妙な様を睨《にら》み、まるで生きることにしがみつくように、食べなくてはいけないという指令だけを受けているかのように、ひたすら咀嚼し続けている。

——自分は、何のために生きているのだろうか。

富雄は答えのない問いを打ち消すように、画面を消した。

＊

近くの停留所からバスに乗っておよそ三十分、閑静な住宅街の気配から、唐突に無機質な景色へと変わる瞬間がある。湾に面した工場地帯だ。その日は風が弱く、高炉から噴き出す煙が空に吸い上げられていくようにまっすぐ漂っていた。銅の粉末と吹き付ける潮風で赤茶色に染まった建物の皮膚に、パイプが毛細血管のようにぐるりと張り巡らされている。周りの風景から点線で切り抜かれたように浮き上がっている物々しい工場群も、夜になるとライトが点滅し、幻想的な顔を覗かせる。以前聞いた話では、「ラピュタ」と呼ばれているここの美しい夜景を一目見たいと、はるばる遠方から単焦点レンズのカメラを持った男たちがやってきては写真に収めているらしい。最近ではどうなのだろうか。夜の外出が減った富雄はもう数年、拝んでいない夜の城だ。

そんな工場地帯を抜けたところに総合病院があった。新築移転されてまだ真新しい吹き抜けの天井窓から、真っ白い壁と床にいくつかの光の束が突き刺さっている。この中に蔓延《はびこ》るすべての菌を見逃さないといわんばかりの人工的な明るさが居心地悪い。

……まただ。富雄は、嫌なため息をついた。

家を出る前、たしかに横腹あたりに痛みを感じ、悪寒《おかん》まで伴っていたはずなのに、病院に着いた途端に不思議と症状が緩和されてしまうのだ。腹部にも胃のあたりにもあった、地から足を伝ってやってきたような圧迫感はとっくになくなっている。人がいることで気が紛れるのか。もうすぐ医師に診てもらえるという安心感からなのだろうか。不調が拭われる原因は、いつもよくわからなかった。

診察を受けるべきか迷いながらも、一階の受付へと向かう。座って書類をめくっていた女がちらりと視線を上げ、人差し指を富雄の背後へと向けた。振り返って、受付まで自動化されていることに辟易《へきえき》した。無駄なところが馬鹿みたいに最新だな。それくらい働け。新たな苛立ちがまた芽生え、足の向きを変える。大きい窓の外に等間隔に植樹された木の幹の、その一本一本が生気なくやせこけている様に目を止めた。

どこに行っても自分の居場所はないような気がし、それでもどこへ行っても自分という人間が変わることはないと仄暗い確信に浸ることがある。……煙草を吸いたい。富雄は口の中にある粘り気を舌先でかき混ぜるように確かめながら、あたりを見回した。胸ポケットに入っている煙草の箱を片手に持ち直し、広い敷地の中を歩けど、喫煙所はどこにも見つからなかった。

諦めて病院の敷地から離れて、広い駐車場から大通りに出てみた。救急車がこちらに向かってくるのを空気の振動で感じ取りながら人気のない路地へ入る。

小さな喫茶店を見つけて入ると、富雄は仏頂面のままアメリカンを注文した。カウンター席に置いてあった灰皿を見つけ、すぐさま指をひっかけて乱暴に手繰《たぐ》り寄せると、煙草に火をつけた。東京の隅のほうにも、東京オリンピックに向けての都市改善の余波が広がってきている。分煙はおろか、喫煙所すら排除しようとする動きも激しくなり、紫煙を燻《くゆ》らせる休息も、人目を憚《はばか》るかのようにこっそりととらなくてはいけないのだ。地域全体が喫煙者を見張るような状況もすでに当たり前のようになってきている。かろうじて見つけた店内で堂々と吸えることに安心し、煙を深く吸い込んだ。

店主の趣味なのか、壁にはランチョンマットサイズの、小さな花をたくさん象《かたど》った色とりどりのパッチワークがぽつぽつと飾られていた。耳を澄まさなければ聞き落としてしまいそうなほどの小さな音量で流れるクラシック音楽に、安心してもたれるように姿勢を崩しながら、ようやく味わえた煙を美味《おい》しく吸いこむ。聞き覚えのあるエチュードだった。

ショパンだかドビュッシーだかなんだったか。一気に吐き出すと、高炉から出ている煙のように漂う。

湯気立つアメリカンの、黒い表面が少し冷めるまでぼんやり眺めていると、カウンター横の厨房にいる女からの奇妙な視線に気づき、富雄はなんとなく顔を背けた。音楽に合わせ、指をカウンターに規則的なリズムで叩きつける。

もう少ししたら出るか。

そのときだった。

「……やっぱり！」

やけに抑揚のある声に、富雄の体がびくっと上に跳ねた。声の主は一人しかいない。なんだ？　訝《いぶか》し気に女を見た。

「トミーじゃない」

……トミー？

それが自分の昔のあだ名だった文字列と頭の中で一致するまでに、少しばかり時間がかかった。

富雄は驚きと喜びの混じった表情を浮かべている女の顔を呆然と眺めていた。真新しい内装の店で女の存在は少しだけ浮いているものの、腰に巻いたエプロン姿がやけになじんでいる。女が、自分の頬の下を、ここよ、といわんばかりに指差した。富雄の左頬の下には、一円玉ほどの大きさの、特徴的なほくろがある。富雄は自分のそれを指先でなぞりながら首を傾げた。

「そう、それそれ。なんかどっかで会ったことがあるような気がして、声を掛けようかと迷っていたんだけれど。そのほくろを見て、あっ、て思って。トミーよね。私、フーミンよ。高坂文江《こうさかふみえ》」

そこには、少しばかり頬のたるんだ五十年後の後輩がいた。

大学で同じ短歌サークルに所属していた文江は、富雄の一つ下だった。喜美代と出会ったのも、たしかそのサークルがきっかけだ。当時、サークル内で互いの距離を縮めるためにと、各々の今までにつけられたことのないあだ名を横文字風に決めていた。伸びたり縮んだりと違う音に変調していく新鮮な名前のひびきは、妙にくすぐったく、はじめこそ抵抗はあったが、すぐになじんでいった。文江は「フーミン」、似たような名前のキャラクターを好んでいた文江がその呼び名を気に入っていたことまで、ページをめくるように、一つずつゆっくりと思い出していった。

「気づかないもんだね」富雄の顔が和らいだ。

「だってトミー、店に入ってきた瞬間からずっと下を向いているんだもの。随分と白髪が増えたから、確信できなかったのよ」

トミー。久々にそう呼ばれることに多少の恥ずかしさを感じながらも、文江の顔を見て穏やかな気持ちを抱くまで、そんなに時間はかからなかった。陽に焼けて健康的な出で立ちだった当時とは変わったものの、目尻が垂れ、少し膨らんだ笑顔が、懐かしさと共にあのときの彼女であるという確実な記憶を運んでくる。

富雄は眼鏡をとり、両手で荒々しく目を擦った。

「あら、花粉症？　一度掻くと、もっとひどくなるからやめたほうがいいわよ」

「これが、花粉症ではなくてね」

強引に欠伸《あくび》をして目を潤ませてみる。痒いのではない。ぼやけるのだ。

「いいわね。珍しい」

「花粉症でないことが珍しい世の中になってしまったのか。いやなもんだなあ」静香の小鼻を思い出しながらため息をつく。

「私だってそうだもの。誰でもなり得るんだから」

文江が富雄の横の席に深く腰かけた。店内の客は富雄だけだった。

「調子はどうなの、トミー」

「調子と言ってもねえ。これといってまぁ、良いことなんてないよ。それになんだか最近、視界が悪くてね」

富雄の充血した目を見て、確かにそうみたいね、と文江は頷いた。

「目だけじゃなくて自分の体のこともよくわからなくてね。近況といえば、孫にまで精神科を勧められていることくらいだな」

文江は厨房から持ってきた布巾《ふきん》でカウンターを拭きながらしばらく、何かを考えるように黙っていた。別に話に花が咲くような題材でもなかったな、と一瞬後悔し、文江が淹《い》れたさほど美味しくはないコーヒーをすすった。転々と回った眼科医からの粗略な扱いや、静香の言葉を思い出すと、憂鬱な気分が心の水面にまたぽっこりと浮かび上がってくる。

そうねえ。間をためていた文江が話を切り出した。

「似たような話なのかわからないけど、私も一度、目に丸ごと薄い蓋をされたような違和感があって、それが気持ち悪くてお医者さんの所に行ったことがあったけどね。白内障とか飛蚊症《ひぶんしょう》とか、そういうものなんじゃないかなって気になったんだけど、何も異常がないっていうの。でも、気になってなんだか騒ぎ立ててしまってね。これという病名を告げられた方がまだ気持ちが楽だったというか、何と向き合うべきかも闘い方も分からないなんて、不安になっちゃってね。そうしたら、認知症とか周りでささやかれて余計に惨めな思いをしたわよ」

「君にも、違和感が？」富雄は驚く。

「そうそう。結局なんでもなかったみたいで、気が付いたら薄皮が一枚はがれたように、見えるものもくっきりしてね」

いつのころだったっけ。首を傾げる文江の指で銀色に光る指輪が、水の入ったグラスに当たって、鈴のようなはかなげな音を立てた。


富雄は、文江と一度だけ寝たことがあった。でも、学生時代のことだからそれも随分と昔の話だ。上書きされていく記憶と塗りつぶされていく過去の中で、それだけは埋もれることなく鮮やかに覚えている自分自身をいやらしく思った。ちょっとした近道をするように肌を重ねあってしまったあの短い時間を、文江が覚えているかどうかはわからない。

　大学を卒業してから連絡を取ったことはただの一度もなかった。今のようにスマートフォン一つで数十年分の関係を取り戻せるような便利な代物もなく、集《つど》いの場にもめっきり顔をださなくなってしまった富雄は、喜美代と結婚してから、電波も情報も入らない――とはいえ、決して居心地の悪さを感じるというわけでもない穏やかな籠《かご》の中で、生活を送っていたようなものだった。

　だから、今までの空白のページをたどるように、時に思い出したように笑い、時に言葉に詰まりながらもゆっくりと話し始めた文江自身のことは、何もかもが真新しい情報だった。結婚したあとずっと専業主婦で子宝に恵まれることなく、四十年連れ添った旦那が、一昨年に肺癌で亡くなった。大手自動車メーカーでエンジニアをしていた旦那には潤沢な遺産があったが、手を付けることには抵抗があった。とはいえ何をするにも金銭は必要で、それならいっそ気落ちしている自分を励ますために何か新しい事業でも始めようか。しかしながらこれといって目立った取り柄のない自分に、何ができるのだろうか。文江は、しばらくそう悩んだという。趣味のパッチワークの作品を知り合いの個展の商品ブースに納品したり、料理教室に通ってみたり、好きなことを生業《なりわい》にできないかと、模索の日々だったそうだ。そして最後に文江が決めたのが、この喫茶店の立ち上げだった。

「とはいえ、地元の人とか病院帰りの人しか来ないから、そんなに経営自体がうまくいっているわけじゃないの。そりゃあこの立地条件じゃ仕方ないわね。誰か来てくれたって、一杯のコーヒーで終わりだもの」と、文江は五〇〇円と書かれたメニュー表を眺めながら、困ったように微笑んだ。

「儲《もう》けようとか思ったらだめね。経営っていったって、この店も趣味みたいなものよ」

常に新しいことを切り開こうとする彼女の行動力には、昔から目を見張るものがあったが、七十を目前に決意した文江の判断力と実行力には、富雄はただただ感心の吐息をつくばかりだった。

「そういえば、あれ。旦那が亡くなってからね」

「あれって、なにが？」

「さっきの話よ。目の違和感がでてきたのは、そういえばその時期だったなって。今思えばだけどね」

「そうか。子供もいないとなると、君も一人でなかなか不安だったんじゃないか」

文江の顔が少しひきつったことに気が付き、富雄は「悪気はなくて」と慌てて付け足した。文江はうつむきかけた顔を上げ、一度大きく頭を横に振る。

「いいの、いいの。結婚とか家庭って、本当にいろんな形があると思うから。私が前に住んでいた家の近所の人でね。ピンク色の、ちょっと変わった持ち家に住んでる男の人がいて、綺麗な奥さんとお子さんもいたのだけれど、まだお子さんが成人する前に離婚したのよ。奥さんが目を離した隙に大事に飼っていた犬が車にひかれてしまって、その男の人が、お前のせいだって奥さんを毎日毎日ひどく責めて、それが原因で別れてしまったのだって。お子さんはさすがに離婚は嫌だって、お母さんだって悪気はない、悲しんでいるんだからって反対したらしいんだけど、その人は絶対に許せないからだめだ、って言い切ったらしいの。私には子供がいたことがないからわからないけれど、自分の子供との生活よりも犬の死を許せないことの方が大事だなんて、トミー、信じられる？　犬の命も尊いことはもちろん、わかっているのだけれど」

そんな離婚の形もあるものなのか。そのまま、文江の話の続きに耳を傾ける。

「そういう話を聞くとね、何を一番大事にしているのか、別れるまで気づかない相手の幸福っていうものがあるのかもしれないって思ったのよ。子供が欲しくてもできなかった私にとっては、絶対に手放したくない幸せだと思っていたのだけれど。……まぁ一人だと寂しいけど、もう期待するものも失うものも何もないし、自分はどんな最期なのか楽しみっていうのはあるわね」

大切なものを失ってから突如、パートナーが変貌してしまう落差に追いつけず、途方に暮れる人間もいる。ふと喜美代のことを思い出して、富雄は言葉に詰まった。

「ねえ。トミー」

話しかけられて顔を上げると、文江が「ちょっと時間ある?」と柔らかく尋ねた。

「新作のスパゲッティを食べていってくれない? 感想が欲しいの」

文江は厨房に入ってすぐさま手を洗い、鍋に水を張り火にかけた。スパゲッティを茹《ゆ》でながら手際よく、水で戻していたドライトマトを細かく切っていく。女が料理をする姿を久々に眺めていると、その視線に気づいているのか、文江は、肉付きの良い背中を向けたまま話しかけてきた。

「話は変わるんだけれど、『願はくは花のしたにて春死なん　そのきさらぎの望月《もちづき》の頃』っていう和歌、覚えている?」

熱せられたオリーブオイルにニンニクが入り、食欲をかき立てる匂いが店内に一気に広がり始める。胃の中の渇きを癒そうと手元のコーヒーを持ちなおした。

「今頃か」

下の句を頭の中で咄嗟に並べると、文江は振り向き、うっすらと微笑んだ。

「その一首がどうしたんだ」

「できることなら、満月の二月の十五日……旧暦で言うところのだから、あなたの言うように、新暦に直したら、ちょうど今頃よね。『満開の桜の木の下で死にたい』って詠《よ》んだものなのよ。ここからがちょっと面白いのだけれど、その和歌を詠んだ西行《さいぎょう》は、幸いなことに、その通りに死んだの」

「幸いって、死んでしまったのにおかしいな」

「そうね」

文江は笑った。

「まぁ正確に言うと一日ずれてしまって、翌日の十六日だったんだけどね。お釈迦《しゃか》様の命日が二月十五日で、彼は桜を愛していたから、こんな素敵な歌を詠んだのよね」

「そんな話だったっけか。よく覚えているな」

「だってゴルゴ並みの命中率じゃない」文江は感心したようにつぶやいた。「確実にその日を打ちおとせたんだから。私は西行を、なんて羨ましいんだろうって昔から思っていたの」

ふと扉を柔かく叩くような音がして富雄は窓の外へ視線を移す。来客は、久しぶりの小雨だった。夕立というにはあまりにも細かな点線が、アスファルトを斑《まだら》に濡らし始めると、店の前を通り過ぎる人も足を速めていった。今頃また、孫と嫁の騒がしい掛け合いが庭で繰り広げられていることだろう。

「安心して、傘ならいっぱいあるから」

文江が外を見つめながらつぶやき、視線をフライパンの上に移した。最後の盛り付けに入り、皿の上の春菊とトマトの色味がオリーブオイルの艶《つや》に絡まると、より一層鮮やかさが際立った。

「羨ましいって、自ら選びたい死を摑《つか》めたことがか」

そうそう、と文江がうなずいた。

「私だって願わくは、夫の横で死にたい、なんて思った時期があったのよ。まぁ、西行みたいにはなれなかったけどね」

当たり前じゃないか、と富雄は笑う。自分で死期を選ぶことができるような神力を持ち合わせたらどれほど楽だろうか。笑いながら、文江と同じく、自分から手繰り寄せられる死への羨望が、這《は》うように心の奥底で行き来していることに気が付く。

春の終わりに出すという新作「行く春のペペロンチーノ」を口に入れた瞬間、おいしい？　と文江が首を傾げながら聞いてきた。慌てて咀嚼し呟きこみながら、おいしいよ、と言った。食事をしながら誰かと話すというささやかなこと。それは随分と久しぶりの「日常」だった。胃だけではなく内臓のどこかも、ゆっくりとあたためられていく感覚を噛《か》みしめながら、麺を平らげる。外でますます強まっていく雨は、この店に長居する理由になりそうだった。不安定な空模様が世界と店を切り離し、浮世離れした二人の話をしめやかにも盛り上げていく。

＊

新居への引っ越しの荷解《にほど》きが終わり、頼んでいた家具も届くと玄関のチャイムが鳴った。モニターに映る賢治を見て扉を開けると、「せっかくだから二世帯記念にうちで飯でも食おうぜ」と陽気な声で誘われる。

嫁の里香のことが脳裏を過《よぎ》り、富雄と喜美代の間にわずかな緊張が走った。二世帯住宅の話を賢治が持ってきたときも里香は同席せず、一度、富雄にポリープが見つかって入院した際にも、病棟に訪れたのは賢治と静香だけだった。それは頑なに舅姑《しゅうとしゅうとめ》を避けようとする、里香の意志のようにも感じられた。

「気にしすぎだよ。あいつ、見た目はギャルみたいだけど、実は人見知りなところあるしさ」

賢治に里香のことを話してみると案の定、無神経な答えが返ってくる。細やかな心の機微に疎《うと》い息子にとっては、どうやら無駄な邪推のようだった。

二世帯は各々独立した造りであっても共同生活という枠組みでの日常は余儀なくされる。今までとは違い、接触は絶対的に避けられない。嫁のことは、富雄の胸の中で一つの蟠《わだかま》りとなっていた。

富雄と喜美代が息子たちの玄関を入ると、杉の木の匂いが強く立ち込める中、夕飯の支度にとりかかっていた里香は、慌ただしく台所を動き回っていた。賢治はというと、新調したという三人掛けのソファの上を両足を広げて独占し、まるで王様のような居住まいで座っている。夕飯が待ちきれないのか、里香を急かすように缶ビールのプルトップを開ける。あー、うめえ。母さんたちも、好きに座って。すぐさま一缶を飲み終え、ガラステーブルに空き缶の音を軽やかに立てる。すると里香がすかさず、新しいビールを持ってくるのだ。賢治のあまりの亭主関白ぶりに、二人は小さなため息をついた。

食卓に並べられた料理の品々の匂いに引き寄せられるように、賢治がテーブルにつく。豪快なげっぷを一つ放った賢治はどうやら気が大きくなったようで、本音をぽつぽつ漏らし始めた。

「俺もなんかさ、ここにきてようやく気が楽になったんだよなぁ。里香は弟妹《きょうだい》が多いからわかんないだろうけど、うちなんて、子供が俺だけだったからさ。一人っ子ってどうしても気負いがあるんだよ。親の老後も俺一人で考えないといけないし。自由なようで、生まれた時から人生を束縛されている感じがあるんだよね。里香と母さんたちが仲良くしてくれたら、俺も一つ大きな荷物を肩からおろせるっていうか」

里香は、静香の皿に煮物をとりわけながら、うんうん、という適度な相槌《あいづち》を時折打ち、とはいえ積極的に会話に参加したり、何か話題を切り出すということもなかった。富雄も喜美代も、決して口数が多いほうではないし、小学生の静香も何かを感じ取っているのかおとなしくしている。賢治が言いたいことをまくしたてて話し終えると、テレビの音だけが沈黙をうめる。

テーブルに並んだ品数の多い料理を見ながら、喜美代が静まった空間にあたたかな息を吹きかけた。

「それにしても里香さん。ご飯、どれもとてもおいしいわ。サラダの盛りつけもすごくきれいだし。こんなにたくさん作るの、大変だったでしょう」

里香がひきつったように口角を上げる。

「弟妹が多かったので、私が作ることも多くて。でも、下の子たちは、あまり私のご飯をほめてくれなかったものですから、そんなに自信がないんです」

やけに太く書かれた眉毛は急いで書いたのか、非対称だ。筋が通った細い鼻に切れ長の目をもつ里香の、ひとつひとつのパーツが整ったその顔立ちの中で、左眉だけがやけに吊り上がり、土気色に沈んだ顔色と相まっていつも以上に貧相に見えた。富雄は女同士の会話を聞きながら、水を差さぬようにと努め、黙って里香の料理を口に運ぶ。

「こんなお姉さんがいてくれて助かるって、ご弟妹も心の中では思っていたわよ」

「さぁ、どうでしょうかね」

ふたたび、賢治の空き缶の音が鳴り響く。里香が台所へ戻り、冷蔵庫を開ける音がする。後ろで結わえた長い髪が、振り子のように動きを止めない。常に子供が二人いるように忙《せわ》しなくしながらも、抜かりのない里香の所作を見て、喜美代が思いついたように言った。

「一人っ子だと何でもしてもらうことが当たり前になって、本当の自立が遅かったりするのかもしれないわよね。賢治も言っていたけど、親のことで変な気苦労もかけるみたいだし。里香さんも、二人目を考えるなら、今がラストチャンスなんじゃないかしら」

喜美代なりに労《いた》わりをこめた、悪意のない発言のように富雄には聞こえた。しかしながら里香が、その言葉を機に一気に表情を強張《こわば》らせると、今までにない不穏な空気が五人の間に流れ込む。

ラストチャンス？　お母さん、どういう意味？

里香の腰を静香が小指でつついた。固まっていた里香の体がけだるく動き出す。目を何度か大きく瞬きさせると、懸命に頬を上げようとした。古びた機械のように何かが歪《いびつ》で、無理やり電源を入れたようにどこかぎこちない。

「二人目ですか。正直、私一人でどうこうできることでもないですから」

賢治のほうへ助けを求めるように、憂鬱を孕《はら》んだ視線を投げかけるも、反応がない。テレビに釘付けの賢治の耳には全く届いていないようだった。口の中にあるものがいったい何なのか、味がわからなくなりながらも、富雄は無言を貫いていた。

「いいのよ、里香さん」

喜美代が目を伏せた。

「賢治、ちゃんと里香さんを思いやらなきゃだめよ」

うんうん、と曖昧《あいまい》に頷くと、賢治が静香の髪を乱暴に撫でた。

「それにしても新しいスタートっていくつになってもいいもんだなぁ。家族全員が食卓に揃うって俺、憧れてたんだよな」

夕飯を終え、賢治たちの玄関をでて、自分たちの玄関に入る。広々とした立派な住宅の、隣との壁は分厚く、人肌も、会話も、生きている気配も、何も伝わってこない。

「ねえ大丈夫だったかな?」

ソファに腰を下ろしながら、喜美代が思いついたようにつぶやいた。

「里香さんのことかい? そっけないけど、まぁ、はじめなんてこんなもんだろう。血がつながっていないんだし、距離があるのは仕方がないだろうし」

「血がつながっていても、賢治とはどこか」

そう言いかけて、「やっぱり、なんでもない」と喜美代は口を閉ざした。賢治の自宅で夕飯をとったのは、その晩の一回のみだった。

　賢治が初めて実家に連れてきたときの里香は、しっかりと化粧をし、終始、絶対に隙を見せないように努めていた。これから身内になるのだと、互いの肩に腕を回し合うようなそんな好意的な姿勢ではなく、これから私は敵の陣地に乗り込み、一生をかけて静かに戦い続けなくてはいけないのだというような、戦闘態勢。あのとき、隣で他人事のようにぼんやりと立っている賢治との、強いコントラストを富雄は感じたのだった。

　里香はしっかりしている。結婚して子供が早く欲しいと強く願っていたのも、賢治ではなく里香のほうであった。大家族の長女でもある里香が、たいへん厳格に育てられたという話は、賢治からもたびたび聞かされていた。

「幼いころからほとんど、紺色と水色と白の服しか着させてもらえなかったんだって。父親はピンク色なんて如何わしいから清楚な服を着ろ、だなんてことを言うようなかたい人らしくてさ。すごいよな、普通、逆だろ。いつの時代だよって思ったけど」

　婚約して、里香の家への挨拶《あいさつ》を終えた後、実家に立ち寄った賢治がやけに疲れていた様子だったのは、休日に着込むスーツのせいだけではなかったらしい。喜美代に水をせがみ、一気に飲み干すと、「はぁ、それにしてもまじで他人の家に行くって疲れるわぁ」と大仰に言ってみせ、ソファに深く沈み込む。

転んでも放っておかれ、落とした菓子を拾って食べても怒られず、のびのびと育てられている弟や妹たちが里香は羨ましかったという。自由を制限されて生きてきた里香と、やりたい放題で育ってきた賢治は真逆そのものだった。

「お前、相手のご両親に失礼なことはなかったか」

だらしなく足を広げている賢治に富雄が投げかけた。

「平気平気。俺、人前でそういうへまは絶対にしないから」

「そういう下品なところはきっと見透かされてるぞ」

親なりのアドバイスをあしらうように、賢治が足でスーツのズボンを脱ぎ捨てると、即座に喜美代が拾い上げた。「俺だったらあんな親はいやだなあ」パンツ丸出しの情けない姿のままで賢治が威張《いば》り始める。

「まぁでも、だから里香と結婚しようと思ったんだけどね。俺、母さんみたいに黙っていろいろとやってくれるような人が、やっぱり一緒にいて気が休まるわ」

子供の頃の姿を心と一緒にそのまま引き伸ばしてしまったような、息子の顔を見下ろす。

我儘《わがまま》な顔というものを説明することはできないが、賢治にはどこかその言葉がぴったりとはまる。専業主婦になってからしばらく妊娠できなかった喜美代が、思い詰めて不妊治療を考え始めた矢先に授かった待望の命が、賢治だった。丁寧に磨いて収められたように大きくて丸っこい目、ひょろりとした身体、女の子と間違えられてしまうやわらかい髪。異性にとりわけ受け入れられる甘ったるさを備えた賢治は、生まれたときから変わらず、不思議と人の視線を惹《ひ》きつけた。どこに行っても誰かが手をうっかり差し伸べ、うっかり愛し、最後はうっかり被害にあうのだ。

十分すぎるほどの愛情を注ぎこんでしまっていた自覚は、富雄と喜美代の双方に根強くある。親から与えられる不器用ながらも強引な愛情の皺寄せが、賢治の異常に甘ったれた性格に表れていた。

二世帯住宅にする意思を賢治が夫婦間で押しとおしたのもわかっていた。喜美代にさせたように、里香にもなんだかんだ理由をつけて、どうにか判を押させたのだろう。

結婚してすぐの頃に招かれた賢治夫婦の部屋は、まるでホテルのようだった。豪華な家具がそろっているという意味ではなく、どこか生活感のない質素さという意味だ。髪の毛一本ですら床に落ちていたら目立ってしまうような清潔感と引き換えに、人肌のあたたかさまで奪いかねない。そんな印象を受けた。

＊

二世帯住宅での新生活が半年ほど続いた頃、ある日突然、喜美代に変化が訪れた。ベッドを使わずに、床に座布団を五枚敷いたうえで寝るようになった。洗われず流し台におさまりきらなくなった食器が、床に並べて積み重ねられていくと、部屋はあっという間に荒れていった。そのうち、ご飯を作らなくなり、起きている時間よりも、座布団の上にいる時間の方が多くなった。富雄が喜美代の心の中を蝕《むしば》むものの正体に気が付くまで、一ヵ月もかかった。

近くにある図書館へいくと、慣れないインターネットを使い、富雄は色々と調べた。突然の環境の変化やストレスで、鬱になってしまう高齢者が多いという記事をとあるサイトで見つけ、富雄は妙に納得をした。ほかにもいるのだ。何も異常なことではない。誰しもに降りかかる、心の風邪のようなものなのだ。暗闇の中で灯《ともしび》を見つけたように小さく安堵する。そのときの喜美代の状況に近い言葉を考えて打ち込み、さらに条件を絞って検索を掛けていくと、「奮闘記」と記されたブログを見つけた。ブログの中には、鬼嫁の苛《いじ》めが日に日に酷くなり、精神を悪くしたという姑本人の日記が見つかった。嫁姑の間で生まれる陰湿な気配は、古《いにしえ》から伝わる儀式みたいなもので、どれだけ時代が変わっても尽きることのない普遍的なものであることは、なんとなく富雄もわかっていた。とはいえ、喜美代と里香の間で事件らしきものが勃発したというのは、とくに見聞きしたことがない。虱潰《しらみ》しのようにして一通り検索結果を読み漁り、ブラウザを閉じた。

海で泳いでいた魚が急に水槽に入れられたら、息苦しくなることもあるだろう。環境を変えたことが悪いなら、水質を変え、生きやすいように改善すればいい。

……でも、どうやって。

ふと過った疑問を振り払いながら、急いで自宅に戻る。喜美代のことは自分が一番、わかっているのだから大丈夫だ。大丈夫、大丈夫。本当の原因がつかみきれずとも、いつかはよくなっていくだろう。そう、信じきっていた。喜美代の、心地よく過ごせる気温ですらわかっている。この四十年、生活を共にしてきた富雄には絶対的な自信があった。

喜美代はなにかと心配性なところがある。家を出る前に何度も火の元を確認したのに、しばらくすると「やっぱり、元栓を締めてきてもいい？」と急いで家に引き返すことはしょっちゅうだった。コンロの元栓が締められていれば次は、コンセント周りにこびりついた埃が発火しないだろうか、とわめきだす。それが旅先の飛行機の中であろうと、料理が運ばれてきた瞬間であろうと、どこにいても構わない。何かに叩き起こされたかのように、唐突に発症するのだ。

賢治を育てているときは、触れるものや口にするもの、すべてに全神経を張り巡らせて見張っていた。殺菌消毒も念入りで、牛肉ですら、焦げるほどによく焼かなければ食べさせない。ミディアム焼きなどもってのほかだ。おかげで、ローストビーフは、賢治が生まれてから一度も食したことがない。厄介なことに、徹底した衛生観念は賢治が大人になっても続いた。菌が増殖しないようにと、食後には必ず熱い茶を飲ませる習慣も変わらずに行われた。一度床に置いた服は必ず、洗濯機に投げ込まれる。洗剤は毒だと、皿洗いの際は食器をしつこいほどすすぎ、一滴残らず油を洗い流すような勢いであった。

生きていると、心配事は常に生み出されて後を絶たない。富雄が気にも留めていない些《さ》細《さい》なことですら、喜美代にとっては命取りのような重要問題であったりする。何度もそのことで衝突しては口喧《げん》嘩《か》に発展する中で、この心配事は、一概に女と男の性別による価値観の違いだけではないことに気が付いていた。

「もう、のんびりと暮らしたい」

喜美代は独り言のように、何度もそう言っていた。富雄には、今抱えている心配事をすべて放り出したいという、強い気持ちの表れにも見えた。だから那須に移住しようと決めたのだ。それが二世帯住宅のために果たせなくなった。

リビングで横になってばかりいる状態がまさかここまで長引くとは、はじめは思いもしなかった。

喜美代がくずれた日から、富雄は何もできないただの老人になっていった。時間が経てばすべてが解決するという強気な思いもくじけていき、喜美代は病院でもらった薬を服用することを拒否しはじめ、食事をとらなくなり、次第に水すらもあまり飲まなくなってしまった。

「喜美代がずっと寝ているんだ」

耐えきれずに白状したその言葉を聞いた賢治が、半年ぶりに慌てて駆けつけた。息子が部屋にやってくると、喜美代はうっすらと目を開け、一点をしばらく見つめた後、また目を閉じる。座布団の上で丸まり、全身を小さく折り畳んだような姿に、賢治も動揺した。

「母さん、大丈夫？」

賢治の声が、手が、どうしたらいいのかと震えて宙を彷徨い、そうして、なすすべもないことを悟ると黙り込んだ。

「里香さんにはなんだか言いにくくてね」

力が抜けたように富雄は肩を落とした。夫と息子。喜美代を誰よりも知っているであろう男二人がいても、何か解決策が導き出せるわけでもなかった。

「母さんは、贅沢《ぜいたく》だな」

賢治の放った言葉の意味がわからず、富雄は自分とそっくりな息子の横顔を見つめた。

「だって子供が面倒を見てあげているのにさ。かわいい孫も、しっかりした嫁も近くにいてさ。頼れないって何だよ。何が不満なんだろう」


塩を塗られたようにどんどんと萎《しお》れ、小さくなり、そして喜美代がついにこの世から消えてしまった夜を思い出すたびに、富雄はタンスから、喜美代の衣服を取り出しては顔をうずめる。

再び自分の妻に触れたいという気持ちがうっすらと心の表面を覆っているというのに、それに逆行するかのように、喜美代の顔が思い出せなくなっていった。忘却を加速させているのは、時の経過という抗《あらが》えない事象によるものだけでなく、完全な救いを、その渡し方をも分からなかった夫としての引け目によるものなのだと気付いた時、富雄は自分自身がこれまでにしてきた愚行を呪った。そんななかでも変わらず蘇るのは、頭の中で鳴り響く、元気だった頃の妻が語りかけてくれた優しい声だけだ。

富雄の視界がぼやけていく。その理由が春の霞なのか、ＰＭ２・５なのか、涙なのか。自分でも、よくわからない。

——願はくは君の横にて春死なん　そのきさらぎの望月の頃

＊

旧友の結婚式の知らせが届いたのは、文江と再会して数日後のことだった。

「おじいちゃん宛のが、うちのポストの方に混じっていたよ」と静香が一つの封筒を持ってきた。

「なんか結婚式の招待状らしいけど。おじいちゃん、そんな若い友達いたっけ？」

この家に届くものと言えばほとんどが通っていた整体院の割引券やチラシ広告、請求書などの身の回りに付随する生活的なものばかりのなかで、招待状は異色の輝きを放っていた。足でしまりかけた扉を止めた静香が「私にも見せて」と声を弾ませる。いつもだったら富雄のポストに入れなおして済ませるものを、わざわざ持ってきたところを見る限り、よほどこの一通に関心があるのだろう。

中に招き入れようとしたが、アダルト雑誌の処理をしていなかったことを思い出し、その場で封を丁寧に開いた。

「おぉ」富雄が目を丸くする。

「なになに？」

「晩婚だ」

富雄がピースサインを作ってみせると、静香が目を見開きながら「えっ、それって何歳の人なの？」と聞き返してきた。

「じいちゃんと同い年だよ」

「へえ。遅めの春が来たんだね」

興奮したようで声の抑揚が強くなった。「おじいちゃんは出席するの？」と静香が上目遣いで尋ねると、富雄はしばらく考えるように唸り、「どうかな」と答える。

「またスーツを準備したりするのもなあ。何年着ていないことか」

「でもそういうところで、新たな出会いがあったりするんじゃないの？」

祖父に恋愛を勧めているかのような口調に、富雄は驚いた。

「もう、じいちゃんはそんなこと、求めちゃいないよ」

そう言いながら文江の顔が浮かび、一瞬、声が震える。

「そっか。よかった。そりゃそうだよね。そんなことしたら、おばあちゃんが悲しむもん」

高くない天井を見上げる静香につられて富雄も見上げた。そんなところに死者がいるとでも思っているのだろうか。少しあきれて頬を上げると、蒸気をあびたようにまた視界に霞がかかり、小さな気泡が一つ、二つと沸々と湧き上がるように発生し、天井の隅や、家具のいたるところでくるくると旋回しながらうごめき始めたのがわかった。そうだ、求めてはいけないのだ。天井から、群れと化した大量の気泡が波打ちながら移動し、そのまま滝のように、上を向いた静香の顔に待ち構えていたかのように流れ込む。そんなことは裏切り行為だ。まかり通ってはいけない欲望だ。思えば思うほど気泡が増えていき、静香の全身を伝って包み込んでいく。

途端、強い眩暈《めまい》がした。

目をつぶり、〝霞〟が収まるのを待つ。

唐突に、静香が思い切ったように言った。

「でも男の人なんてみんな移り気な生き物だと思っていたから」

「随分なことを言うじゃないか」

「お父さんだって最近、妙に楽しそうに帰ってくるよ」

「それが移り気のせいだと」

静香がゆっくりと頷くと、富雄は困ったように「そうか」と言った。

「お母さんも名役者だよ。気付かないふり貫いちゃって。だから私もそういったことには干渉しないけど」

折り合いをすでにつけたような静香のひそかな口ぶりは、十七歳といえど成熟した響きがあり、いつからこんな風になったのだろうか、と驚かされる。

「大人だねえ。そういえば最近、化粧も少し厚すぎじゃないか？」

「こんなので厚いなら、世の中の人みんなヤバイじゃん。今時、ふつうだって」

里香に似た薄い唇がぽかんと開かれ、ため息が漏れた。

「お父さん、家が嫌になっちゃったんじゃないかな。帰ってくる場所があることのほうが、まるでしんどいみたい。その家を作ったのはお父さんなのにね」


喜美代の瘦《や》せこけた遺体が葬儀社に搬送《はんそう》された後、富雄の部屋で泣いていたのは息子の賢治ではなく、嫁の里香だった。

荒れ果てた部屋を、呆然と立ちつくしながら里香は眺めていた。閉め切ったカーテンを開けると、暗かった空間が急激に白くなり、部屋の隅にまで光が届く眩しさに目を細めた。庭には三人分の洗濯物が風にはためき、旗のように靡《なび》いていた。平和な家の象徴だった。しょうがないよ。賢治の声だ。何も言わずに庭を見つめている里香に近づくと、賢治の手が里香の肩にやさしく置かれた。

「母さんはこの家に来て幸せだったと思うんだよ」

まるで、自分にそう言いきかせているようだった。

その瞬間、里香が賢治から勢いよく体を離し、肩に置かれた手を虫のように払った。賢治の頬を思い切り叩くと同時に、冷たい声がかぶさる。馬鹿じゃないの？　それを見た静香が、見てはいけなかったものから逃げるように富雄の背後に瞬時に隠れる。鈍い音が立ってしばらく、賢治がゆっくりと状況を理解したように自分の頬に手を当てた。

「今、なんて？」

「馬鹿じゃないの、って言ったんだよ」

「お前、何言ってるの？」

かわいそうに。

震えながら里香はもう一度そう言うと、いきなり大きな声でわんわんと泣き続けた。かわいそう。かわいそう。かわいそうに。目の縁にたまっていた泉が、次から次へと大粒の雫へと変わり、ぽろぽろと落ちて里香の服を濡らしていく。泣き叫ぶ里香の迫力に、富雄も静香も、呪われたように動けずにいた。

「あんたといるのが嫌だったのよ」

里香はそれだけ言うと、服の袖で力いっぱい涙を拭きとった。

いつものような濃い化粧をしていない里香はとても幼く、子供のように見えた。徐々に顔が真っ赤に染まった賢治は、鬼のような形相で嫁を見下ろす。それがまるで、物を見るような冷酷な目つきであることに、富雄はぞっとした。

台所の床に並べられた食器を足で蹴散らして、賢治が喚《わめ》き始める。意味わかんねえよ、本当に。自分の親でもないくせに、母さんの何を知っているんだよ。大きな足音を立てながら部屋を出ていくと、静香は崩れ落ちた里香のもとに駆け寄り抱きついた。

——あんたといるのが嫌だったのよ。

里香が激しく叫んだ言葉を富雄は反芻《はんすう》する。

そんなことがあるのだろうか。喜美代の心のどこかに、賢治から逃げたいという本音があったのだろうか。

血がつながっていれば他人になど決してなれない——ましてや母親が、子供のことがいやになるなど、ありえないだろうと思っていた。腹に命を宿し、痛めながら生んだ我が子であればなおさら、その思いは強いものであると、富雄がその事実を疑うことなど以前はなかった。

——血がつながっていても、賢治とはどこか。

そのとき、富雄の中で喜美代が言いかけた言葉の虫食いの箇所が、はっきりと埋まった。


「この年になって何か大きな知らせと言えば、入院とか葬式とか暗いことばかりが溢れる中で、なんだかとても華やかな話ね」

文江のやけに落ち着いた声は相変わらず心地が良かった。偶然再会してからというもの、何度か文江の店へ足を向けるようになっていた。一人の若い客が立ち上がったと同時に文江も扉の近くへ向かう。会計を終えると、「それで?」と首を傾げて富雄の話の続きを待った。

「孫には、そんな若い友達がいたのかと尋ねられたよ」

「そりゃそうよ。それにしても、すごいわねえ。ここ、前に一度行ったことがあるけれど、結構広いところよ」

文江は招待状に書かれていたホール会場の文字を指でなぞりながら「かなり気合が入っているみたいね」と笑った。

通達の主である黒川《くろかわ》は、大学時代の富雄の親友だった。話す言葉のリズムが穏やかな彼は、昔から女に言い寄られることの多い、所謂《いわゆる》色男だった。短歌サークルを選んだ動機が女子が多いという不純なものであっても、黒川の口から発せられると、それが甘い冗談のように嫌みがなく聞こえてしまうのだ。

彼が大学の付近に借りた安普請《ぶしん》のアパートは入学早々、友人たちの屯《たむろ》場所となり、夜遅くまで酒をちびちびと飲みながら、いろんなことを語り合った。将来のこと。家のこと。黒川の夢は建築士になることだった。一九六〇年代、東京オリンピックに向けて、都心部には勢いよくビルが次々に建てられた。オリンピック開催に先立って慌てて着工したビル群。当時の姿のまま残っている建物は、果たしてどれくらいあるのだろうか。急激に整備が進むインフラに、後の都心の交通の中核を担うことになる、蜷局《とぐろ》をまくような首都高速。強く聳《そび》え立ち、流れ込んでくる車に耐え忍ぶ姿は今、所々に鉄筋を垣間見せたままくすんでいる。目まぐるしい街の変化を高校生の頃に目の当たりにし、矢で射られたように強く刺激されたらしい黒川は、自分も新たな技術でビル群の建築に携《たずさ》わりたい、そう熱く語っていた。

サークルでは、満遍なく誰とでも仲が良かった印象だった。「私の所には、残念だけど届いていないわね」と文江が寂しそうに肩を落としている姿を見る限り、久しく連絡をとっていないなかでも、晩婚の式の招待客は黒川が厳選したメンバーなのだろう。

「どうやら相手の女性も初婚らしくてさ」

「まぁ、いくつなの？」

富雄は首を傾げながらも、丁寧に同封されていた写真を取り出し、文江に差し出してみせた。裏面には達筆で近況が簡潔に記されている。

「うーん、四十代……いや、もう少し若い？　うん、とても若く見える」

しばらくのあいだ、黒川と新たに妻となる女性が写っている小さな写真を、文江は静かに、じっと見つめていた。

年の差婚かぁ。いいわねえ。

同じように年を重ねていても、いろいろな再スタートがある。一年一年の時の流れがこうして歴然とした差を作り出すのを目の当たりにしても、富雄の中にはまだなお、新しい人生が躍動的に動き出す予兆はない。

ねえトミー。

粘り気のある声に導かれて顔を上げる。私たちもさ。文江のやけに潤んだ瞳に、つい体が固まった。

「そろそろ自由になっていいのかな」

富雄は困った声で「自由？」と聞き返す。おもしろいことを言うもんだな、と富雄は張りつめた表情の彼女を見つめる。自由ならもう、喜美代を失ってから、同じく文江にとってもすでに得ているものとばかり思っていた。

一人になるということ、それは本来であれば、自由そのものであるはずだった。そう言いつつも喜美代を失ったあと、自由とはまた別に存在する余白の中につめこむように二度目の恋愛をするべきか、富雄は迷ったことがあった。

だが凹《へこ》んだ個所に、違う素材のものを流し込んでみても、本来のなだらかな心の表面に成型することはとても難しい。見た目には特に支障がなくても、どこか触り心地の悪さを感じてしまう。アダルト雑誌のページの間に挟まれた出会い系のサイトや結婚相談所の広告を見ても、富雄の心が揺れ動くことはなかった。孤独に性欲が重なりあい、膨張していく下腹部だけが、別の器官のように機能する。そこには生きている現実ばかりがとことん突き付けられ、しかしながらやり場のない虚しさは波間に漂い、本当はどこへ行くべきなのか、その方角すら見失ったままである。己という船がつける港はどこにもないという絶望の中で、奇跡的な上陸は期待しないようにしていたのだ。

そう、あの日からだ。

トミー。

そう甘く呼ぶ声に惹かれるように、色香に惑うように、結婚招待状を固く握りしめる。

今、富雄の目の前にいる未亡人の文江は、希望にも似た期待を抱きながら顔を輝かせて富雄を見つめている。

「まさかトミー。この先もずっと一人でいいだなんて、諦めたりしていないわよね？」

文江がカウンターから乗り出して、顔を近づけてきた。

「それでいいと思っているの？」

「そういったことは」

考えたくなかった。咄嗟に出かけた言葉を、胸の奥に丁寧にたたんでしまいこむ。残りの人生だなんて、たかが知れている。己を引き留める気持ちと踏み出したい気持ちがそれぞれ一歩ずつ前に出ては呼び止められ、どちらも遠慮がちに引き下がっていく。

「これが普通で、本来の自分だと思っているんだ。それに、俺は黒川のようなことはできない人間なんだよ。あいつや君みたいに迸《ほとばし》る何かも、実行力があるわけでもないんだ」

「……そう」

文江は目を窓の外にやりながら頬杖をついた。その横顔を、黙って富雄は見つめていた。

文江と一度寝たときのことを、富雄は、鮮明に覚えている。貪りつきたくなるような果実の膨らみに誘惑された、咽《むせ》るほど暑かった一晩。

あのとき、富雄は喜美代と婚約をした直後だった。何かが安定すると、その均衡を崩すような出来事が発生し、人生の天秤を狂わせていくことがあるのだとすれば、まさに誰かに、何かを、試されていたのかもしれない。文江に泣きながら求められて拒みきれなかったのは、情なのか。欲なのか。何が不貞へと引きずり込まれる弱さの根源になったのだろうか。若かりし頃の、天秤にかけられた両皿の重みがいつの間にか、傾斜のある場所にごく自然に置き直したように推移したのは、どうしてなのか。喜美代と文江の間をふらふらと、影法師のように揺れて歩いていた。喜美代への罪悪感を一時的に軽くしたもの。恋人とうまくいっていなかった文江を慰めたかったから？　一晩だけの慰めなら、波の舌先にさらわれていく砂のように、そこにそれがあったという事実も、再現性もないものとして、お互いにこの先も取り扱っていけるだろうと、安易な妄想に浸れるほどに未熟だったからだろうか。その程度の重みだったような気もするし、或《あ》いは全くの別物だったようにも思える。自分が揺らいだ一線の解析ほど、この世の中で難しいものはないのだと思い知る。

今、富雄の目の前にいる文江には、避けることのできない年月による老いばかりが隠し切れず浮かんでいる。しかしそれはどこか美しく、富雄の目に映った。活発に見える文江の心の芯が、実はとても脆《もろ》く柔かく作り上げられていて、火を灯せば瞬く間に溶けてなくなってしまうということを、知っているからなのだろうか。

文江が自分で入れたウインナーコーヒーを一口すすった。

「仮に望んでいたとしても一人で生きることも死ぬことも、絶対に無理なんだから。こんな私でも、もし道端に倒れていたら誰かが運んで、誰かが弔《とむら》ってくれるの。まだとことん一人ではないんだと思うと、ちょっとだけ気が楽になるけれど、でもね、やっぱり、自分が黙りきるまで、誰かに触れられるのを待ち続けるなんて、そんな希望しかもたないのもちょっと違うじゃない」

黙り込んでいると、文江がゆっくり微笑んだ。あのときの、あの晩の、富雄を誘惑し、困らせるような微笑みで。

ねえトミー。

「私、ひさびさに行きたいところがあるの」

＊

今年の春は例年よりも、気温が随分と高かったようだ。四月に入って、葉桜の瑞々しさが光ると、春とも初夏ともいえぬ新たな気配に、軽装のひとびとが目立ち始めた。マスクを着けている人々が減り、すでに半袖を選んでいる人もいる。サンダルで出歩いている若者たちとすれ違うと、その足元を目で追いながら文江が「これだけあたたかくても、まだ三首をすべて出すには抵抗があるわね」とつぶやいた。

駅から少し歩いた薄暗い路地に入ると、文江が古い建物の前で立ち止まった。中から出てきた若いカップルが、文江と富雄をじろりとなめるように見つめ、顔を近づけて何か話している。視線のこそばゆさが体をなぞっていくと、富雄は恥ずかしくなって、文江に頼りない視線を送った。

「なぁ。自信がないよ」

思っていたよりも情けない声が出た。対して、まっすぐにホテルを見つめる文江は、いままさに、戦場に向かうことを決意した武士のように凛《りん》とした佇《たたず》まいだ。里香が賢治と共に、初めて我が家に訪れたときの、あの臨戦態勢とどことなく似ている。女性が何かの岐《き》路《ろ》に立たされた時の顔というのは、勇ましいものだ。おどおどして、迷って、何もわからずに宙ぶらりんでいるのはいつだって、その隣にいる男のほうだった。しかしながらいつの間にか文江に握られていた右手の、絡まり合った彼女の指先が、わずかに震えていることに気が付く。

「ここでする行為自体が大切だったわけではなくて、別の世界に行くような気持ちが、昔は楽しかったのかもしれないわね」

パネルから一つの部屋の写真が消えると、渡された鍵をもって二人は狭いエレベーターに乗り込んだ。

外観では隠されていても、踏み込むと正体は露骨に暴かれる。ラブホテルの廊下は、行き届いている清掃によっても拭えない、本来の色がどれであったのかわからなくなるほどの年季が染みつき、暗く湿っぽいまま奥の方にまで続いていた。

古い建物特有の、どこか黴《かび》臭いにおいを嗅ぎながら、富雄は黒川のことを思い出した。黒川は新しく建物を作ることが好きな男だったが、こうした建造物はずっと、できる限り本来の年齢のままの状態で残し続けてほしいと、富雄は願ってしまう。進む男と、停滞する男。ずっと俺は、同じ場所で足踏みをし続ける人生だった。

赤いランプのついた一室の扉を開けて先に靴を脱いだ文江が、急に笑いだし、その音がどんどん水気が抜けるように乾いていって、大きく室内にこだまする。何がそんなにおかしいんだ。背後から不思議そうに覗き込んだ富雄に、文江は「ねえ、見てよ」と指さした。そこには部屋のほとんどのスペースを占める大きさの、丸いベッドが置かれていた。

「なんだかとってつけたみたい、このベッド。しかも、これだけなんて」

久々に入り込んだ異空間は、見渡す、というほどの広さではなかった。

四方八方に張り付けられた鏡。ベッドの横に、ちょこんと申し訳程度に置かれた丸テーブル。ガラス製の灰皿。ホテル名が印字されたマッチ。一人掛けの大きさのソファは所々が剝《は》げていて、劣化を隠しきれていない。ベッドの真新しさと比較し、酷使される家具のみが露骨に新調されているのがたしかに可笑《おか》しかった。

足から尻、背中、頭と順番を追うように文江が寝転がり、蔦《つた》の絡まった花柄模様の天井を仰いだ。富雄も見上げ、「君がつくっていたパッチワークみたいな模様だな」と言う。

「こんなにセンスが悪くはないと思うんだけど」とふて腐れたような声が返ってきた。

「手足を広げてもこんなにスペースがあるなんて。久々。解放感」

富雄も寝転がった文江の横に腰かける。深く沈み込んだシーツは、強くきいている冷房のせいなのか、しっとりとして、やけに冷えていた。

文江のスカートから伸びた白く長い足が、部屋にある光を吸収していく。滑らかな肌に見えるのは、この異空間にいることとの魔法なのかもしれない。どこかが美化され、どこかに失望する。その落差に追いつけなかった昔の自分を、懐かしく思った。

「少し前まで私、こう見えて、けっこう太っていたのよ。その状態で毎日ストッキングをはいていたらね、毛がなくなったの。……それって、摩擦のせい?」

遠慮なく注がれる男の視線に恥ずかしさを感じたのか、文江の急な告白に富雄は吹き出した。

「そういうもんなのか」

どうしたらいいのかわからずにベッドの上でぼんやりしていると、文江がふと起き上がり、枕元にある電子パネルを手探りで押し始めた。部屋の色調が、青から黄色、ピンクへと、次々に変わっていく。文江の好奇心にもさらにスイッチが入ったようだった。左から右へ、何かを確かめるかのようにどんどんボタンを押していく。一番右端にあるボタンを押した後、文江が、あっ、と叫ぶ。

「回った」

ベッドが妙な機械音を立ててぎこちなく動き始めた。

「これって、なんで回るんだ」

二人は見つめあった。

「さぁ。遊び心？　久々で恥ずかしいから、部屋を暗くしたかっただけなんだけど」

回転ベッドが唸る音と、部屋の換気口から流れ込む風の吐息が重なる。どこまでも頼りなく、しかしながら優美に彷徨う船のようにしばらく回されていると、特に変哲のない狭い室内の景色が、角度を変えるごとにわずかに変化するような気がした。

富雄が不意に、文江の上に覆いかぶさった。それは富雄にとってもよくわからない衝動だった。あの一夜に似た、理屈ではない衝動だ。何がしたいのかわからない。とはいえ、することといえばたった一つしかない。そのために来たのだ。体がその場の空気に操られ変形していくように、滑らかに体勢を崩していく。

右手で文江の肩を引き寄せると、一度大きく抱きしめて息を吐き出した。その流れは、前からそうして慈しみ合ってきたような自然なものであった。両腕を回すと、肉付きが良いと思っていた文江の体が、空気を抜いたようにきゅっと、小さくなっていく。どうにも切なくなって、余った腕で、さらに強く抱きしめた。

文江が微笑みながら富雄の胸元に鼻の先をくっつけ、朽《く》ちた葉の中に潜り込んでいくように匂いを吸い寄せた。彼女のつむじに顔をうずめる。互いの細部をもっと覗き込もうとすればするほど、年老いた虚しさと、もう戻ることのできない若さに、瞬間的な絶望と欲情が交差する。素肌同士が合わさると、腐りかけの果実のような、柔らかく沈む弾力を感じた。

「なんだかぴったりね」

抱き合うと、布の端と端を合わせたように二人は重なった。

「視線の位置まで一緒」

「気づかないうちに身長まで小さくなったのかな」

文江の腕が自分の首に巻きついたとき、富雄は本当は誰かを抱きたいのではなく、抱かれたかったのではないかという自身の身勝手さに気付かされた。命を宿すという、生物として瞭然たる目的ではないのだとしたら、これは生産性のない、無意味で放漫なセックスであるのかもしれない。しかし、それがなんだというのだろうか。脂を削《そ》ぎ落として赤身だけになったような魂と肉体がゆすぶられ、一人では達することのできない快感の波が襲った時に、まだ確実に残っている男としての性を実感した。

そのときだった。

文江の眉間に皺の寄った表情の中に、とっくに記憶から薄れていた喜美代の顔があぶりだしのように映し出された。映し出されたのか、ふと舞い戻ってきたのかわからないほど、そこにいる二人の女性のかんばせは似ていた。富雄は目を大きく見開き、慌ててその影を振り払おうとする。見えている世界が、視界がまた油のように滲《にじ》みはじめ、シーツと枕の境界が混ざり合い、目をつむってもまぶたの裏にこびりついた白一面の世界と、たしかに今ここに生きている二人の音だけが波打っていく。ねえ、どうしたの。トミー。文江の声が下で、濁りながら響く。

しかし富雄は得体のしれない誰かに鞭《むち》でうたれているように、動きを止めなかった。俺は本当に、自由になるんだ。誰からも咎《とが》められない、自由を得るんだ。知らぬ間に募っていた思いが、富雄の体の強い軸となる。腰から横に真っ二つに全身が裂けるような痛みが、物凄い勢いで襲ってくる。同時に、骨の髄から快感が生まれ出るような恍惚《こうこつ》によって、引き裂かれそうになる体と魂をひしと繫ぎとめる。

喜美代。お前なのか。

真下にいる喜美代が、そっぽを向いた瞬間、富雄が大きく果てた。

細胞にまで汗をかいたように全身が熱い。鼓動と脈が激しく荒々しく波打っている。

久々の感覚だった。

よかった。生きている。

「この調子だと、二回目はついに心臓発作を起こしてしまうかもね」

文江の冗談にも答えられないほどに荒くなった息を胸元で整えながら、富雄はそんなおかしなことを思うと、ゆっくりと目を閉じた。

細い枝のように枯れ果てて寝そべり、シーツに沈み込んでいた富雄の横腹に、文江が寄り添うように身体を這わせた。

……ごめんね。文江が消え入るような声でつぶやいた。

「自分の恋人が誰かに奪われたからって、自分も同じことをするの、おかしかったわよね」

富雄は驚いて、しがみついている文江の顔を見下ろした。

「覚えていたのか」

「当り前じゃない」

富雄はため息をつくと、視線を天井に移す。もう、喜美代の姿はどこにもなかった。

「あの時の私は若かったから、少しずつ誰かの血肉をいただくようなことをしていたのよ」

ベッドから身体を軽やかに起こし、冷蔵庫から飲み物を取り出した文江が「あなたも飲む?」と尋ねてきた。こんなにも疲れているのに、何かを飲みたいという渇きがなく、首を振るために上げた頭を、また枕に力なく落とす。

「水の中で亡くなった親戚がいてね。私の祖母はその遺体を、幼い時に見たことがあったらしいの。遺体が引き上げられたときに、膨れた体や変色した姿以上に何が一番むごかったかって、小さくて黒っぽい殻の貝が、びっしりと、人間の体にくっついていたことなのだって。小さいのに、大きな遺体にくっついて離れなくて、それがまるで生きる力をむごいほどに見せつけられているようで恐ろしかったって。それ以来、私の祖母は貝のお味噌汁が飲めなくなったっていうくらい」

「君はホラーにまで精通しているんだな」

「熱くなった体を冷やすにはちょうどいい話かと思って。私は貝のように、あなたにくっついていただけなんだなって、今だからこそわかるの」

「俺をとうとう死体扱いか」

文江の答えに小さく吹き出した富雄が、声を上げた。

「そうね。あなたはどこにも流されず、ずっと同じ場所で、ふわふわと浮かんでいたから、私もくっつきやすかったのかもしれない」

文江と再会してから、妙に死に纏《まつ》わる話が増えてきたことが、富雄の中で気がかりになっていた。西行の和歌も、貝が付着していたという死体の話も、文江が死の気配を孕んでいるようにも、その気配を自ら強引に引き寄せているようにも感じる。

富雄の部屋の隣には息子とその家族がいる。それだけを聞けば、環境的に恵まれ、孤独死の心配もないと、羨ましがられることだろう。しかし現状は、一人だった。そしてその時間を、どのように処理したらいいのかわからずにいる。スーパーとコンビニに一人で立ち寄る夕暮れ、商店街を活気づける家族連れや、若者の姿に送る、羨望と落胆と嫉妬《しっと》のまなざし。ただただ退屈な時間を規則的に継続し、そしてただただ消費していく。世間から、富雄が謳歌していると思われている自由は、実際のところ、富雄にとって、人との繋がりがあり忙しなく機能している日々や、世界のめまぐるしさに参加もできずに孤独をふくらます、手放したい時間でもあった。

文江のように、働くことで新たな時間を有意義に過ごせるならば、そちらのほうがどれほど「贅沢」であろうか。

……贅沢。

「母さんは、贅沢だな」

あの時放たれた、賢治の言葉とぴったり重なった。

そうか、これなのか。わからないものなのだ、他人の贅沢というのは。この年になってもないものねだりがあるとは、富雄は思いもしなかった。

そもそも自分に「高齢者」という自覚が芽生えた瞬間はいつだったか。富雄は考える。愛してやまないビートルズの、「When I'm Sixty-Four（六十四歳になっても）」という曲を初めて聞いたとき、富雄はまだ学生だった。自分がその年齢になることは永久にないと信じきっていた。若い気持ちを熟させるものは何もなかったあのころにとって、六十代の自分というのは、それほどに老いを感じさせるものだった。

しかしその年齢からいまや、更に六年経ったのだ。

布団に潜り込み、喜美代の服に顔をうずめ、妻がこの世界のどこにもいないことを思い、泣くようにうめきながら自分を慰める行為を繰り返した夜の先に、それでも苛立つほどのすがすがしい朝が訪れても尚、過ぎていく現実と年齢に、追いつけずにいる。

ぐびぐびと飲み干したペットボトルの、豪快につぶれる音が向こうから聞こえる。垂れ下がった乳を堂々と揺さぶりながら、年老いた女の裸体が目の前に迫ってきた。さっき富雄がかじりついた乳頭の皮がひりひりして痛いと嘆く。労わるように触れてみると、唾液が乾き、腐敗したような臭いが乳の先から香ってきた。水に濡れた唇を優しく重ねたとき、鼻孔に広がる互いの体液の後味に、自分たちが年をとったということを改めて突き付けられたのだった。

帰り道、二人は来る前よりもかたく手を繋いで歩いていた。地にうっすらと張られた憂さや靄《もや》を、鏡のように映し荒涼としていた空は、いつのまにか消えて晴れ晴れとしている。

通りかかった公園で走り回る子供たちに目を奪われていると、文江が鉄棒へと駆け寄っていく後ろ姿が見えた。

強く降り注ぐ紫外線もあたりの人の目も、気にすることなどないといわんばかりの化粧っ気のない文江の素肌は、心まで軽やかにさせたようだ。鉄棒の感触を確かめるかのように一度握り、こちらを振り向いて笑顔を見せた直後、見事な逆上がりをした。富雄の下でひたすら男の欲を受け入れ続けていたその体の、どこにそんな筋力が秘められていたのか。空気を味方につけたかのように一回転、そうして立て続けにもう一回転。文江が回っていく。ストッキングでこすれて綺麗になったという足を、真っ青な空に拳のように突き上げる。大きなベージュ色のパンツがそのたび、露わに覗いた。どこかに飛ばされそうになる文江の体よりも、堂々と公開されたパンツへ富雄の目が釘付けになる。

喜美代がいなくなり、まだ誰かとこうした行為をしたいという思いは、胸の奥でひっそりと飼いならしていた。新たな命を吹きかけられたような下腹部のさらに下にある器官が、うずき、春めいて、富雄をまた一人の男としての誇らしげな自覚に駆り立てていく。俺も、まだまだ捨てたもんじゃないじゃないか。喜美代だって、新たな幸せを歩むことを許してくれるのではないか。周りの子供たちからの小さな歓声に迎えられている文江に近づこうと、足を向けた。

そのとき、強い風が土を絨毯のようにまくり上げていった。舞い上がった砂粒が頬にぱらぱらと小さな痛みを与え、軽やかな音を立てて散らばっていく。

風のいたずらが収まると、つぶっていた目をゆっくりと開けた。

富雄が仰天したのは、目の前で鉄棒を摑んで立っている女の姿だった。

鉄棒に手をかけ、こちらに背中を向けている文江の顔が、回転ベッドの如くぎしぎしと奇怪な音を立て始めた。何者かに、大きな手で強引に捻《ね》じ曲げられているかのように、しかしそれに抗う仕草もない文江の横顔が、富雄の方へと、関節を無視して振り向こうとする。

待て、見たくない。心の声が喉元までこみあげた。

不自然な角度で振り向いた文江の土気色の肌の上には、見慣れたものが張り付いていた。

……喜美代だ。

濁った目が、鋭く、血走ったまま富雄を睨みつけて光っている。

喜美代の口が、何かを伝えようと大きく動きはじめた。

トミー?

透き通ったその声自体は文江であるのに、確かにそこには、喜美代がいた。

トミー?　どうしたの?

そんな死んだような顔して。

富雄は恐ろしくなって、公園から走り出た。鉄棒から手を離し、叫んだ文江の声を振り払って。全速力で走り、走り、走り続ける。足の筋がすべてちぎれそうに痛みだしても、全身を大きく跳ねさせ、富雄は、通り過ぎる人たちの、奇妙な視線をも全て蹴りとばすように走った。いまにも絡まりそうな足を地面に叩きつけるように、前に前に走れば走るほど、過去から逃れられるような気がした。そうだ、振り切ってしまえば、過去になる。気にするものか。なにが七十歳だ。たかが七十歳だ。When I'm Seventy だ。

家の扉を乱暴に開けた途端、肩で激しく息をしながら立ち尽くした。

富雄の瞳があつくふくらみ、熱が鼻を伝って胸のあたりに達したとき、しずくが流れ落ちてきた。

それまでずっと目に張り付いていた膜がうろこのようにどんどん剝がれ落ち、ぼやけていた家の中にある一つ一つの物の輪郭が、本来のあるべき姿を現し始めた。世界が、どんどん、はっきりとフォーカスを合わせるように輪郭を現していく。そこに浮き上がってきたものを見てまさか、と富雄は呆然とした。

家の中の物を、黒色の小さな物体がびっしりと覆いつくしていた。働くことを放棄した炊飯器にも、水を張ったシンクに置いてある食器にも、静かな時間を紛らわすためだけにつけるテレビにも、床に乱雑に置かれたアダルト雑誌や座布団にも、ヒビの入った姿見にも、喜美代と旅先で購入した梟《ふくろう》の置物にも、見渡したものすべてを埋め尽くすように、黒くて小さな殻の——貝が、びっしりとはりついていた。そして今、これから、富雄をも蝕もうと口を開け、無数の小さな舌先がちろちろと飛び出し、こちらをうかがっているのだ。どこにそんな器官があるのかもわからないのに、しかと目が合ったような気がして、富雄は後ずさる。後ろめたさを覚えたあの日から、ずっと家を、世界を、蝕んでいたもの。小さく叫んで崩れ落ちた。

出ていけ、出ていけ！　ありったけの力を籠《こ》め、ありったけの声を張り上げながら、腕を振り回し、無数にある黒い貝を追い払おうとする。消えろ！　消えろ！　鈍い痛みが腕を伝う度に、物が派手な音を立てて床に落ちていく。しかし貝はそこに強い根でもはりめぐらせたかのようにしがみつき、一向に離れようとはしない。

……おじいちゃん？

遠くから声が聞こえたような気がして、ぱたりと手を止めた。

「なにしてるの？」

返事もせずに立ち尽くしていると、静香が手で鼻を押さえながら恐る恐る、忍び足で部屋へと入ってきた。あ、と口を開きかけたが富雄の顔を見て怪物にでも遭遇したかのように、ぎゃっ、と大仰に叫ぶ。汗だくになったまま泣いている祖父を、静香は黙ったまま見つめていた。そしてリビングを見渡すと、床に落ちているものへと目を向けた。

「おじいちゃん、なにこれ」

静香の声がさっと引いていくのがわかった。

やめろ、と言おうとしたところで、「なに、どうしたの、二人とも」と、異常な事態を察したのか、今度は里香が部屋にあわてて入ってきた。物が散らばって殺伐《さつばつ》とした部屋。富雄、静香、部屋。里香の黒目がゆっくりと物事を把握するために動いていく。ひじきのように黒い塊となっている里香の睫毛《まつげ》が揺れた。

「お義父さん。随分と派手にやりましたね」

床に転がっていたアダルト雑誌を、汚物に触れるように、静香が指先でつまんで拾い上げた。巻頭ページの裸体が露わになり、うえっと嗚咽《おえつ》にも近い声を出す。アダルト雑誌に集っていた貝の群れが、静香の腕を勢いよく這いあがっていく。「待て！」と富雄は声を荒らげると、静香の雑誌を摑んだ手を強く叩いた。

「なにするの！」

「いや……」

「きっも」

「やめなさい、静香」

「ありえないでしょ、これ。じじいのくせに」

胸に刺さった矢を引き抜いた衝動で、反射的に口が開いた。

「老人は黙ってゲートボールでもしていれば満足なのか」

咄嗟に出た声は富雄自身でも驚くほど、怒りに震えていた。

カッと頭にまで血が滾《たぎ》り、しかし次の瞬間には、体から力がしぼられるようにぬけていき、姿勢が曲がっていく。何もかもが白日にさらされ、消えてしまいたかった。

「俺はそういう人間なんだ」

情けなくなるほどのか弱い声が出て、富雄はうつむいた。

干支《えと》四周も離れた相手に対して、誠実で潔白な年長者にふさわしい行動というのを、富雄自身が描ききれたことも実現できたこともきっとなかった。生まれながらに男であり、生きている間も、死ぬ瞬間ですら、男である。それでも、子供から見る肉親というのは、生まれた時からその役割を担っているように映るものだ。ましてや祖父であればより強く理想化される。富雄に赤ん坊のころがあったことすら信じられないかもしれない。孫の静香にとっては、今の富雄の姿は、ただの厭《いや》らしく汚い老人でしかないのだろう。

「どう足掻いたって変わらないんだ。何も。昔も、今も。俺が男であることは、欲望を持った男であることは、昔から一切変わってなんかいない。それだけは、その事実だけは、誰であっても、侵されたくなんかない。侵される筋合いだってない。たったひとつの、自分だけのものであったっていいはずだ。それすらも、もうこの家では許されないのか」

里香は黙って聞いていた。

重なり合い、貝をはりつかせたまま散らばったアダルト雑誌の山を眺める。隆起したように盛り上がる女の尻。甲高く脳天を突き破るように響く甘い喘《あえ》ぎ声。シーツを摘まむ女の指先。猥褻《わいせつ》なシーンが断片的にちらつき、砂粒のように富雄の顔にぶつかり散らばっていく。その山自体が、富雄の性と孤独の積み重ねでもあった。

「殻にでももこもりたい気分だ」

同情したように無数の貝の口が開閉し、かぱかぱと笑い声のような音を出し、殻をこすりつけあって、小さな喝采が沸き起こる。その嘲笑をあしらうように富雄は舌打ちをした。

「今までずっと殻の中にいたじゃないですか」

里香がまっすぐに富雄を見つめた。

「殻から舌先だけ出して辺りを窺って、少しでも傷つきそうになったら隠れて。そんなんじゃ誰も、お義父さんのことを理解できないですよ」

「どうせ話したって、馬鹿にして相手にしないじゃないか」

「馬鹿になんてしません。理解したいのに、お義父さんが理解させてくれないというだけです。お義父さんに性欲があるのも、とてつもなく寂しいということも、今日初めて理解できました。よかったです。それが年齢とは関係なく本来の人間の有様であることも、嫌というほどわかりましたから」

困ったように笑いながら里香はそう言うと、ゆっくりと腰を屈《かが》め、投げ捨てられて開いたままの雑誌を丁寧に閉じ、机の上に戻した。

「それにしてもにおいますね。この部屋」

里香が窓を開ける。そよ風がカーテンをやさしく捲《めく》った。部屋の中に嫁と孫が立っているだけなのに、まるで自分の家ではないような違和感を覚える。久々の来客のもてなし、それが、こんなことになるとは。

そのとき、開けられた窓から入ってきた羽虫が一匹、壁に止まった。

里香はしばらく、何かを考えるようにその黒い小さな一点を見つめた。しゃがんで、床に転がっていたティッシュ箱から一枚しずかに引き抜き、たたんで重ねた。息をひそめ、そーっと、獲物を狙う獣のように滑らかに近づくと、壁を汚さないように羽虫を摘まみ取り、手の中に丸めてつぶした。ぞっとするような穏やかさだった。それが、賢治を守ろうと、家を汚すまいと、神経質になっていたあの頃の喜美代の動きとそっくりだったことに気が付いた。

女として生きることと、妻として生きることの狭間で揺れ続けて、奮闘する中で、どこかで自分の気持ちや自尊心を抹殺し、諦めなくてはいけない時期が到来するものならば、里香も今、その戦いのさなかにいるのかもしれない。喜美代もそうだったというのか。そのことを感じ取っていたのは、一番の理解者であると信じ切っていた富雄ではなく、里香のほうであったというのか。

喜美代の亡くなった直後、台所の壁際の床に並べられていた、汚れた食器は里香が片付けた。カレーのこびりついた食器。ラー油と醬油のついた皿。ごはん粒が干からびた茶碗。それでも、食器はとてもきれいに並んでいた。横一列に、三メートルにも並ぶ列。台所の照明をつけた途端、流し台でがりがりと音を立て一斉に沸き立つように蠢く黒い生き物。音を立てて逃げ出すゴキブリに悲鳴を上げ、泣きそうな顔で振り向いた里香の顔を忘れることはない。

「喜美代は本当にいい女だったんだよ」

微かに震えながら、それでも一言ずつ丁寧に、富雄はつぶやいた。

「夫婦としては幸せだったんだ。あれほどまで神経質になったのは賢治が生まれてからだ。家のことを放り投げるような人ではなかった。少なくとも、それまでは」

「そりゃあ、そうでしょう」

里香が鼻にかかった声で言った。

「初めて人生をかけた体験を成し遂げようと思ったら、慎重に準備をして、絶対に成功させたいって思うでしょう」

富雄は淡々としゃべる里香の横顔を見つめた。

「引っ越して来た時から、この家自体がすでに賢治になっていたんだと思うんです」

里香の一言に、必死に食らいついていた黒い群れの動きが一斉に止まった。

「お義母さんが欲しかったのは、この家でも、賢治でもなかった。きっと解放されること だったんです。そのことにお義父さんだって、どこかで気が付いていたんでしょう？」

「ねえ、お母さん、さっきからどうしたの？」

沈黙を貫いていた静香が、不安そうに顔を歪めた。

「縛り付けられるのを、お互いにやめにしませんか」

その言葉を放つと、里香は部屋の隅をじっと睨んだ。

「こうやって生きる気力を、吸い取られ続けるのも」

鋭い視線の先を追う。

そこにはこちらを威嚇するようにカチカチカチカチと貝殻を打ちつけ、ないはずの目を 爛々《らんらん》と輝かせた黒い群れが並んでいる。

俺は無意識のうちに、生きていること自体に膜を張っていたというのだろうか。

見たくないものを見ないようにするために。知ることで、自分を傷つけないようにするために。

そうやって、自分を守り続けていたのだ。

本音が胸の奥から聞こえると、一気に富雄の肩の力が抜けた。

無数の貝が熱湯の中に葬《ほうむ》られたかのように、だらしなく口を開けた。白いシーツの上で容易《たやす》く開脚した文江のように、中身が見えるほどに貝殻を開くと、そこから舌を垂らし、腐った汁を吐き始めた。心の澱《おり》としてうごめいていた気泡を、貝が、すべて吐きだしていく。廃水のような臭いが一面に広がると、それが文江の乳の先から漂っていたものと同類であることに気が付いた。富雄は気持ち悪さに耐えきれず、ひざまずいて嗚咽する。もう、こんなのは嫌だ。さみしさに、孤独に、うんざりだ。木をゆすられて果実が落ちていくように、はりついていた物体から貝がぼとぼとと床に転げ落ちていった。

天井から落ちてきた一粒が富雄の頭にあたった。目の前の床に転がったそれを、富雄は摘まみ上げる。最後の力を振り絞って出す貝の音が、学生時代のあの晩の、快楽にゆすぶられてひいひいと鳴く文江の喘ぎ声のように聞こえて、背筋が凍った。痛みに耐えるように、貝はわずかな隙間からしばらく泡を吹きだしていたが、静かになり、開かれた口からすべての水分を出し切って萎れると、山霧のようにふんわりと消えていった。

裸足のまま、庭先に出てみる。

草の先が足裏を刺激して痒くなる。頬に流れた涙の筋を風がやさしく冷やしていくと、身体が自分の物ではないと思えるほどに薄く、軽やかになったような気がした。両腕を広げ、日の光に飢えた植物のようにめいっぱい太陽を浴びてみてようやく、気持ちがいい、と思うことができた。そりゃあ、逆上がりもしたくなってくるでしょう。耳元でふと、そう文江に囁かれたような気がしたが、どうだろうか。そういえば、彼女の目の靄が晴れたことの理由もまだ聞けていないままだった。快楽に喚くひと時だけが、富雄の知っている文江の全てだった。苦しそうに、枕元で横に背けたあの顔を思い出そうとしたが、どうしてだろうか、浮かんでくるのは、鉄棒を回ってむき出しになったあのパンツだけだ。女の影がたちまちベージュ色に塗り変えられ、彼女の輪郭までぼやけてしまうと、無性に文江に会いたくなった。

富雄は振り向いて、家の中に呆然と立ち尽くしている二人を見つめた。あれほどまでびっしりと覆いつくしていた黒い群れはこの家からすっかりいなくなっていた。

どこに消えてしまったのか。

今度は誰に、まとわりつくのだろうか。

富雄は二人に笑いかけると、潑剌《はつらつ》とした声で言った。

「いっしょに洗濯でもしようか」

ははばなれ

墓参りに行きたい。そう言いだしたのは私だった。

土を引っ搔《か》くようにして先を行く母の足取りが止まった。その後頭部越しに、夫がぎこちなく停車させた母のスカイブルーの車と、ドアに「山本石材」と印字された白いトラックが小さく見える。広い駐車場内で、太い一本杉がつくる日陰の中で寄り添うように止められた二台の車の横を、燕《つばめ》が颯爽《さっそう》と飛んでいった。着いたときには涼しさを感じていた背中には、霊園を三人で歩き回っているうちに滲《にじ》むような火照《ほて》りと不安が張り付いていた。

北関東の丘陵地帯に置かれた三笠霊園は広かった。一番安価な芝生墓地の区画で立ち止まったまま、母は記憶と重ねあわせるように指を宙に描かせて「この辺りに松の木があって、その二つ先を曲がって、確かすぐ二番目か三番目くらいにあったはずなんだけど……」と大量の汗をぬぐいながら徐々にその声を萎《しぼ》めていった。普通に立っているつもりでも、母の身体はどこか斜めに歪《ゆが》んでいる。半年前、変形性膝《ひざ》関節症だと診断されてから病院でヒアルロン酸を繰り返し注射している左足は、誰かに叩かれたかのように折れていて、一つの器官が損傷するとそれを保とうとする他の部位までもが軋《きし》みはじめ、ついには倒れるように軸を失う身体の仕組みを体現しているようだった。「仕切り直しだね」そう夫が呟いた。

市営霊園の入口前の売店で買った花を胸に抱き締め、辺りを見回す。番号が割り当てられていない迷路。仕切り直し。その声にかぶせるようにしてガラガラと何かがぶつかり合う大きな音がトラックの方から聞こえてきた。砕かれて価値を奪われた墓の断片が、石屋の分厚い手で葬《ほうむ》られるように荒々しく投げ込まれていく。墓の墓はトラックの荷台なのかもしれない。無縁墳墓。墓に入れない人、撤去されてしまう人。墓を見つけてもらえない人も同じくらい不憫《ふびん》に思う。父の墓石の場所を覚えているのは今、情けないことに母だけだった。

彷徨《さまよ》う魂の混雑は感じられないほどに霊園内はとても静かだった。十数年ぶりに訪れる霊園の、日差しが柔らかく墓の頭を撫《な》でるように照らしている様を見つめていると、

「どこに行っちゃったのかしら」

母が天を仰いでそう言った。夫は持っていた桶を芝生の上に置いて疲れたように手首をしならせた。すぐそこだからと言われて水をたっぷり入れてきたのに、思っていたよりも長い重労働にさせてしまったことに私は申し訳なく思った。「そうですね……」顔色を変えずに夫が頷く。不動の墓石を三人の視線が違和感と共になぞっていく。

「まるで僕たちから逃げているみたいですね」

夫の言葉は冗談に聞こえず、私も母も笑うことができなかった。

赤から黒へと空の色が急激に変わり始めたころ、ようやく母が嬉《うれ》しそうに手を上げた。

「ここよ、ここ！」と叫んだ声に引き寄せられるようにして駆け寄ると、思っていたよりも近い場所に父の墓はあった。

蓮華《れんげ》を模した大きな台座から咲いたような竿石《さおいし》は、顔が映るほどピカピカに磨かれていた。花立にはグラジオラスとユリとケイトウが華やかな色で供えられていて、直近で誰か

が手入れをしたことがわかる。墓に素晴らしいも何もないとは思うが、夕陽をてらてらと跳ね返す悠然たる佇まいは、まさに立派な墓そのものだった。

「あんた、どこにいるの。違うわよ」

うちのはこっち！　と母が思いっきり私の腕を引っ張る。

そこには隣の墓をきゅっと一回り小さくしたような墓石があった。いや、墓石の大きさは変わらないはずなのだけど、ここにいるのが申し訳ないと萎縮したようにひどく小さく見える。膝にあたるほどに伸び切った雑草の中で、「勝浦《かつうら》家之墓」という文字が土埃《ぼこり》らしき色に沈んでいるのがわかって、「あぁ」と変な声が出た。

「はいはい、しばらくぶりですみませんね」

母はかがみこむと、方々に生い茂る長い丈の雑草を手際よく引き抜き始めた。その背中を見て、来る途中に立ち寄ったホームセンターの袋から夫と一緒に軍手を取り出す。青くて苦い匂いが責めるように鼻をかすっていった。鼻腔の中で広がるその匂いに仄《ほの》かに夏の気配がする。元の状態に戻すにはずいぶんと時間がかかりそうだった。

飛び交う虫を手で払いながら、小石の間から伸びている草を根っこごと引っ張った。掘り起こす作業は、死者を労《いた》わるどころか、膨らんだ土の腹がかえって聖なる場を荒らしているように散らかっていった。暗くなる前に素早く墓掃除を終わらせなければいけない。

「やだっ」

母が突如、小さく叫んだ。花立に、買ってきたばかりのユリを当てて長さをはかりながら、「はさみ、借りてくるの忘れた」と嘆く。「行ってこようか？」私は霊園の入口の方へと視線を流して母の言葉を待った。「いいわよ」母はため息をついて大きく首を振った。同時に、握りしめていたユリの茎を両手でぐいっと乱暴に折り曲げた。紫色とピンクと白の花々を、花弁の重みとその色味のバランスを母なりに調整しながら何度か花立に抜き差しし、茎を乱暴にちぎって手際よく短くしていく。財布から十円玉を取り出して花立に入れると、滝のように流れてくる額の汗が瞼《まぶた》に落ちる前に拭った。

段に腰かけ、父が生前吸っていた煙草に母が火を点ける。ドラゴンのように大量の煙を吐きだしむせこむと、灯したばかりの線香の横に吸いかけの煙草を放り入れた。

「次」

振り返った母の声に促され、袋に残されたワンカップを取り出して手渡した。母はそれを何の迷いもなく、墓の上から豪快に浴びせかけた。頭から下へと流れていく軌道を目で追っていく。そのべたついた表面が父の久しぶりにかいた汗のようにも見えた。

これで無事に供養できたのだろうか。漂う日本酒の匂いにむせながらの、奇妙な合掌。

＊

最近、よく転ぶ。始まりは一ヵ月前、駅の階段から転げ落ちて背中を強打した。階段の手すりにしがみつこうと腕を伸ばすも、足を引きずられるように身体がするすると滑り落ちて、膝小僧と脛《すね》に引っ掻いたような赤い血が幾つも滲んだ。戸棚の奥からスニーカーを取り出して靴ひもを結び直したが、その一週間後、スーパーからの帰り道、何もない至って平坦な場所で盛大に腹から転倒して内臓破裂寸前の打ち身を負った。

数日前、ついに家の中でわずかな段差に躓《つまず》いた。そのとき、背中の真ん中あたりを軽く押されるような微かな拍動が伝ったような気がして一瞬、寒気がした。

「毎日歩いている場所なのにさぁ。注意力散漫なのかな。加齢の証拠？」

左足を引きずるたびに、ズッズッと鼻をすするような鈍い音をさせる母の歩き方を思い出しながら、「身体の不調ってどことなく親と似てくるものだよね」と笑い話のつもりで、家にやって来た美香《みか》に話した。返ってきたのは、思いもよらない答えだった。

「コヨミさぁ、墓参りにちゃんと行ってる?」

やけに真剣な表情を見て、「え?」と口を開けた。

「墓参り?」

「そう。最後に行ったのはいつ?」

墓石を見上げる視線の高さを思い出しながら「たぶん、小学生とか」と答える。美香は私がさきほど淹《い》れた紅茶に舌先をちろっと入れて温度を確かめると、「それはやばいって」と咎《とが》めるように言った。

「怒ってると思う」

「えっ、誰が?」

「コヨミのお父さん。亡くなったのって、うちらが小二か小三の時くらいだったよね?父親の墓なのに、そんなずっとほったらかしているなんてどうかしてるよ」

帰宅した夫にそのことを話してみると、彼は浴槽の中から脱衣所に仁王立ちする私を不思議そうに見上げた。

「美香ちゃんって、そういう子なんだっけ?」

スマホの音量を下げながら夫が眉間に深く皺《しわ》を寄せる。最近、オンラインのアプリゲームにハマり始めて湯船に浸かる時間が長くなった。よく浴槽に落とさないなと感心しつつ「そういう子?」と尋ね返すと、「霊感があるとか、そういうこと」と、夫が頭を掻きながら応えた。

「それはわからないけど、やっぱり罰でも当たっているのかなって怖くなっちゃった」

「お盆、帰ってなかったの?」

毎年夫は郊外の実家に帰省している。私はどうにも夫の実家に行くのに気が乗らなくて、いつもこの家に一人残る。好きな温度まで冷房を下げて一人で羽を伸ばす、私だけの時間。母の家にわざわざ戻ることはない。何度も説明したはずだが、夫ははじめて聞くような顔をしていた。

「うん、それに実家に帰ったって墓参りの習慣も途中からなくなっちゃったし。話にも出ないし」

「そうかぁ」

興味を失ったように浴槽の中で姿勢を正すと、スマホにまた視線を戻した。

趣味もないし、酒、煙草もほどほど。それぞれの体の構造に合わせた攻撃法を持つ自分の動物を召喚して対戦させる。見知らぬ相手と画面越しに行うこのゲームだけが、夫の唯一の息抜きになっているようだった。

「無言無課金地蔵?」

以前、夫が両手で持つ画面を覗いてみたことがあった。

「あぁ、これは俺のアカウント名ね。課金せず、チャットにも参加しないで、一人で楽しんでんの」

両指でくるくると動かす先には、様々な色の光線が流星群のように高速で飛び交っていた。どこに動物がいるのか、動物が本当はどんな姿なのか、いったい何が起きているのかわからない。

「今、勝ってるの? 負けてるの?」尋ねると、うーん、と地蔵が唸った。「互角かな。でも俺は、勝ち負けにこだわっているわけじゃないから」と膨れた腹を擦る。

「何かを育てるのが好きなんだ。動物はかわいいし、強くなっていくのがうれしい」

打撃を受けるたびに赤く画面が点灯する。戦わせている動物のキャラは全て可愛らしいのに、画面の中で繰り広げられている世界は、人間の世界よりもずいぶんと生々しく痛々しい。何度も死ぬし、特別な薬を用いて生き返らせても執拗に攻撃をされ続ける。育てるといったってスパルタがすぎる。刺され、殴られ、締め付けられ、相手の領域へと前進していく過程の中に、動物たちのやわらかな休息は見えない。

前にこのゲームのやり方を丁寧に教えてもらったことがある。ふうん、と初めは面白く感じていたけれど、電池は著しく消耗するし、夫と同じように無課金で続けていると、キャラクターは一向にレベルアップせずにどの戦いに挑んでも負けてしまい、途端につまらなくなった。周りのひとたちは課金をしているので武器の種類も多くレベルアップまでの道のりも早い。動物たちに投資しなければ一定のステージで足踏みをするしかない。しばらくするとそのアプリにログインすらもしなくなった。かわいい動物たちは無言のまま、黒い画面に没した。

＊

墓参りが終わると、空は蓋《ふた》をされたように濃く黒くなっていた。この辺りは山に囲まれているので、五月でも夜は半袖になるとうっすらと肌寒い。車に乗り込む前に、靴底に張り付いた土を車のロッカーパネルに打ち付けて払っていると、「スーパー銭湯に行きたい」と母が思いついたように言った。

「ええ、今から?」

カーナビの時間を見ると六時を過ぎていた。ここから私たちの自宅がある武蔵小山までは、電車だと軽く二時間はかかる。「てっちゃん、明日は休みだよね?」尋ねた母は、尋ねられた夫の顔色を見て満足そうに頷くと、「それならさ、うちにそのまま泊っていってよ」と鼻息荒く顔を近づけて、半ば強制的に私たちの帰りを止めた。

くたびれた身体のまま訪れた土曜の大型スーパー銭湯は賑わっていた。大半は、源泉かけ流しという謳《うた》い文句につられた観光客のようだった。意図的な地域活性化を打ち出したわけでもないのに、肉にも卵にも野菜にもこの土地の名前が付けられてブランド化され始めたのは、私が上京し、専門学校に入学した十年前のこと。大手企業の事業拡大の一環で、武家屋敷風のホテルが建設されてテレビでよく取り上げられるようになったのがきっかけらしい。どこまでも変わることはないのだという安堵《あんど》と共に、つまらない辺鄙《へんぴ》な場所という不名誉な感情を呼び起こすこの地が栄えることはないと思っていたが、最近では高齢者や家族連れと同じくらい、若いカップルやインバウンドが見られるようになった。止まり木のように即座に去ってしまう人たちの匂いが土壌に少しずつ染み込み、優雅に張り付いていく。それは、実家に戻るたびに一歩引いてしまう変化だった。

身体を流して母と並んで寝湯に入る。一緒に寝そべり空を眺めるのは初めてだった。

「墓参りに行く前から立ち寄る気だったんでしょ」

「うん」と母は即答した。「こういう施設は一人だと寂しいじゃない。そもそもあんた、なんで急に墓参りになんか来たのよ。あんなに興味なかったのに」

興味も何も、と母の言葉を聞き流しながら、露天風呂の方へと視線を移す。私と同い年くらいの女性が、丸い大きな球を詰め込んだような弾力のあるお腹を擦りながら、露天風呂に足先を入れては出しを繰り返しているのが見えた。その様子に、お茶を飲んでいるときの美香を思い出す。あの舌先のように丹念に、じっくりと温度を確かめる女性の、足先にまで神経がゆきわたっている仕草をしばし眺めながら、自分のぺたんこな腹を撫でた。

「些細なことまで気になって今までよりも神経質になるんだから。性格まで入れ替わってしまうみたいでなんだか怖いよ」

嫌そうな口ぶりの中に、どこかその変化すらも嬉しそうに受け入れている抑揚があることに私は気が付いた。小学校の同級生だった美香ときちんと話すようになったのは大人になってからで、それもフェイスブックで、しかも家が思っていたよりも近いという理由だけで繋《つな》がった私は、大人になり、身ごもってからの美香しかろくに知らない。「へえ、やっぱりそういうもんなんだね」と心にもない感動を口から吐き出すと熱い紅茶をそのままますすった。二十八歳の大晦日に生まれた美香の子供は今年で一歳になる。湯に浸かっている彼女の子供はいまどれくらいの時期なのだろう。七ヵ月とか？

嗜虐《しぎゃく》心と庇護欲が行き来する感情を女性のその膨らんだ腹に刺してみると、ぷしゅうと大きな音を立てて目の前に落ちていく。

お腹のふくらみや、身体のシルエットを隠すようなワンピースを着た女性を目で追うようになったのは、ヘアメイクの仕事を辞めた二年前、結婚してすぐのことだったような気がする。トランクの中にしまいっぱなしの化粧筆を使ったのは、その後たった一度きり。相手は母だった。

「もうお嫁にいけなくなっちゃった」

昨年の秋、肌色の絆創膏《ばんそうこう》を引っ付けながら、母は私を出迎えた。とんでもないことが起きたような慌てた口調で電話がかかってきて急いで向かったというのに、それは十日近く前の出来事だったようで、仮装用の髭《ひげ》が張り付いたような口元を見ると一気に気が抜けた。

長く感じられる夜に寂しくなって耐えられなくなると、母は一人で晩酌をし、思いっきり酩酊するようになっていた。

録画していた大河ドラマを観ながらうたたねをした翌朝、カーテンから差し込んでくる朝日の眩《まばゆ》さに目を開けようとすると、ずん、と鈍い痛みが、鼻の頭から目頭にかけて一気に走ったという。うっすら瞼を開くと、冷蔵庫の横に立てかけられた段ボールの中で、ひっかかったように挟まっていた。母が繰り返し使う言葉を借りれば、ここで転んだ理由は酩酊だけでなく「体型的にお尻が大きいから」だそうだ。床には家の中でしかかけることのない眼鏡が無残な形で割れており、よく見ると、片目のガラスがフレームから抜けている。恐る恐る口のあたりを触ってようやく、その破片が鼻の下で貫通していることに気が付いたと母は言った。

「はじめはそれほど痛くなかったの。でも、病院に行って十五針も縫ったときがすごく痛かった。美容外科でやったほうがきれいに縫ってくれるっていうから慌ててそっちに行ったの。そこまでは機転が利いたほうだったと思うんだけどね」

「目じゃなくて本当によかったじゃない」

「そうだけど。この年になると傷だって治りにくいし、痕《あと》だって残りやすいし」

「まぁそうだよね」

うん、と頷いた母のとれかけのパーマが揺れる。

「もうお嫁にいけなくなっちゃった」

還暦を迎えた母を、十五針という縫い目がなくとも、誰かが嫁にもらってくれることなんてあるのだろうか。首元の色とあっていない横顔に塗り込んだ日焼け止めがやけに白く浮いていた。「紫外線にあたるともっと痕になるっていうから、頑張って塗ってるの」と、視線を跳ね返すように母が言った。

「こんなにひどいの」

すでに傷は完治しているのだそうで、絆創膏をぺろりと剝《は》がしてみせると、縫った後のかさぶたは取れて、数ミリほどの茶色い線がうっすらと伸びていた。

「そんなにひどくないよ」

「私だって一応は女の子なの」

「まぁそうだけど」

「ココミならこれ、隠せる？」

その言葉で、「ココミの仕事道具、持ってきてほしい」という電話口での母の注文の意味が、ようやく理解できた。

「たぶん。そんなに傷の凹凸《おうとつ》も大きくなさそうだし」

母の線に指をそっと這《は》わせてみる。小さい蚯蚓《みみず》が張り付いたような膨らみは、微かに熱を帯びていた。母はそのままソファに深く寄りかかると、荒れていた唇の皮を歯でちぎりながら顔を前に突き出した。

私はあまり使うことのなかったテクスチャの固いファンデーションを、ポーチから数種類取り出してテーブルの上に並べた。タトゥーや傷を一時的に隠すために予備で持ち合わせていたものを、まさかここで使うことになるとは。手の甲で混ぜ合わせながら、母の肌の色へと近づけていく。微量を筆先に取り、赤と黄味をわずかに足して調整する。指の腹で数回叩き馴染《なじ》ませて、粉をはたいた。

「はい」

「……えっ、もう終わり？」

「うん。隠す箇所小さいし。そんなに大したことないし」

「えー早く見たい。鏡ちょうだい」

トランクの中から、手鏡を急いで取り出して母に手渡す。母は顔を覗き込むと、「へえ〜〜」としばらくその手鏡を離さなかった。

「これ、特殊な粉なの？」

「特殊ではないけど、カバー力があるファンデなんだよ」

「傷を作る前よりきれいな気がする」

「満足した？」

「大満足」

右に向き、左に向き、鼻の下を伸ばし、また真正面へと顔の角度を変えて、唇の上を凝視している。

「そこだけ塗ってると逆に目立つから、ベースメイクもきちんとしてね」

「うん」

「専用のメイク落としも置いとくから。傷痕残りやすくなるから、ごしごし洗っちゃだめだよ」

「うん」

「もう私使うことないし、このファンデ置いてくから」

「あんた、凄腕だったのねえ」

母は私を見上げると、「ありがとう」と微笑んで、また鏡を覗いた。

母から授かったものを命以外に挙げるとしたら、何かが起きたとき、冷静に対処できるという能力であるように思う。既存のものに色を合わせて平らにならしていくヘアメイクの仕事は、自分がいままで生きてきた感覚とどこかで似ていた。共感や同情を抱く前に、今一度、問題点と解決方法を頭の中に速やかに思い浮かべて、今するべきことと不必要な情報を明確に選別する。無駄な邪念や感情を除外していく作業。母に「何かが起きたとき」にはこの才能をいかして対応できる。

どこか誇らしく感じていたその仕事を、私は夫の希望であっさりと辞めてしまった。子供もいない。仕事もしていない。何もないからこそ、時に、何かしないといけないという気持ちが急かすように身体を撫で上げていく。しかしその感情は、最終的に現状維持へと緩やかに着地する。

「子供を産むのってやっぱり大変だった?」

私に背を向け隣で寝転んでいた母が、顔だけをこちらに向けて、面倒くさそうに「は?」と返した。

左足を労わるようにゆっくりと姿勢を仰向けに正すと、軟《やわ》らかい腹を持ち上げて、顎《あご》で私の視線を動かす。赤黒く縫合された部分までわかる一本線が少しずつ歪みながら、へその方へ流れるように導かれていた。

「大変も何も。この通りよ」指の腹で弾くように、娘が飛び出した形跡をなぞった。

「私の飛び出し方が悪かった?」

てっきり否定されるかと思って選んだ言葉だったのに、母は「そうかもね」とあっさりと頷いて、私をがっかりさせた。

「帝王切開で産んだら頭がきれーに真ん丸になるからいいじゃないっておばあちゃんに言われたのに、あんた、生まれてからもあんまり寝返り打たないもんだからね。頭は結局絶壁になって損した気分だった」

もっと転がしとけばよかったのかしらねえ。最後の一言は空に向けて放たれた。

帝王切開という言葉を知ったのは八歳の時だった。兄がサッカーの試合で他県に遠征に行った日曜日、珍しく両親と私の三人で外食に出かけた。母が頼んだ料理がなかなか運ばれてこなかった。こういう時、先に食べてなどと気を遣ってくれるような母ではない。腹の音が喉にまでこみ上げてきて変なげっぷが出そうになった私は、身体をぐねぐねと動かして店内を見渡した。テーブルの上の微かな振動を止めるように父が首を振る。父はいつも我が子が落ち着きのない行動をすると、じっとこちらを見つめて首を振った。寡黙な躾《しつけ》だった。母が動なら、父は静。私は、父の躾の方が好きだった。

ようやく母の頼んだ料理がテーブルに運ばれてきた。ぽっこりとドーム形に盛り上がった生地が皿の上に載っている。その珍しい料理から視線をゆっくり上げると父と目があった。なんだろうね。さぁ？　メニューを見返してもカタカナの羅列で、どれが何を示しているのかもわからなかった。

母がそれをどのように食べるのか私は見守っていた。まぁるく膨らんだ柔らかい風船のような生地に、母がナイフの先端でそっと切り込みを入れると、勢いよく湯気が立ちあがり鼻や顔を匂いが引っ掻いていった。ピザを焼いたときのようなケチャップの匂いと、切れ目からはソーセージや炒められた玉ねぎやそれらと絡み合ったチーズが諸々ぎゅっと詰め込まれているのがわかって「なんかこれ、帝王切開を思い出すわ」突如、母が感激したように言った。

「ていおうせっかい？」

「やめなさい、食事中に」

父が珍しく声を荒らげた。辺りを見渡して顔を固く引き締めると、「気味が悪いことを言うもんじゃないよ」と冷め始めていたハンバーグにようやく手をつけた。綺麗に、丁寧に一口サイズに切りわけて口に運んでいく。

「気味が悪いも何も、コヨミはこうやって生まれたんだけど」

心外、あり得ない、そんなことをぼそぼそと呟きながら、母は生地を乱暴にフォークに巻き付けるように丸め込むと、大きく開いた口に放り込んだ。

私は茫然として、母とその謎めいた料理を交互に見つめた。

名前もよくわからない料理の、その生地が母の腹で、ソーセージのように取り出されているのが自分で、フォークに突き刺された赤ん坊が痛がる姿をぼんやりと思い浮かべてみると、苦い液体が一気に喉元にたまるような吐き気に襲われた。ほんの少し前まで私の食欲を盛んに刺激していたオムライスから目を背け、爪の先端で手の甲を刺しながら耐えていると、隣にいる母の顔が目の前にまで迫ってきた。

「お腹痛いの？」

黙っていると、

「じゃあお腹空いてないの？」

私は必死に首を振った。

「変な子」

唾液を絡めるような粘り気のある音を立てながら、食べ物が母の中へと飲み込まれていく。

「コヨミはいつもぼうっとしてるから、何かあっても逃げ遅れて死ぬタイプだね」

隣で湯に気持ちよさそうに当たりながら、母は腹を大きく膨らませ、萎ませている。眠りに落ちる予兆だ。拡張と収縮、命が入り飛び出すという作業は、母にとってはそこまで苦しいものではなかったのだろうか。石の枕に載せていた絶壁の頭が次第に痛くなってきたので、隙間にタオルを丸めて差し込み頭を固定させた。

あの膨らんだ生地の料理はなんていうのだろう。

脱衣所でスマホを確認すると、夫はすでに湯からあがっていた。「もう出ているよー」「先にビール飲んでてもいい?」「いまそっちはどんな感じ?」「おーい」などと、やけに急かすような内容ばかりが連投されている。慌てて化粧水を顔に塗ってロッカーを開け、着替えを取り出そうとした。「あんたの下着も入れてきたから」母が言った言葉に促されるように、突っ込んだ手がそれらしきものを掴《つか》む。見慣れない白いレースショーツに、一瞬、体が止まった。

「私こんな下着持ってたっけ?」

両指にひっかけてびよーんと伸ばしてみる。二十代のはじめ、サテン素材や面積の小さい下着が流行り、つけていたことがあった。ナプキンを張り付けると羽の部分が過剰に余るし、変に食い込んで歩いているうちに紐のように絡まってくる実用性の低いあのショーツ。

「違うよ。あんたのはこっち」

足の甲に、ロッカーに顔を突っ込んだ母の髪から水が滴り落ちた。取り上げた袋から、はい、と高校生の頃に穿《は》いていた面積の大きい、くたびれたショーツが手渡される。

「ねえ、それどこで買ったの？」

母は濡れた髪をバレッタでとめて後ろを向いた。

「最近のスーパーは意外とおしゃれなのが揃《そろ》っているのよ」

太もものあたりで丸まったショーツのように言葉までも絡めながら、いそいそとそれを穿く。繊細なレースの上から覗く、ひきつれた茶色い痕。我が家の男たちが揃ってドン引きしたこの傷痕を、母はもう、全く気にしなくなったのだろうか。顔の傷痕はあんなに気にしたのに。安堵とむず痒《がゆ》さが交差して、よくわからなくなった。

脱衣所から出ると、夫はスマホゲームを片手に晩酌を始めていた。私に車のキーを渡した母は当然のようにグラスにビールを注ぐ。母の傷痕を、そもそも母の裸を見るのが久しぶりで、今日はやけに昔のことばかり思い出される。

父が亡くなる数ヵ月前、家族みんなでプールへ遊びに行った。家族で行くのは、物心がついて初めてのことだった。夏になって母が胃腸炎になり、体重が落ちたことに喜んでいたときに、ショッピングモールでたまたま派手な水着を見つけたのがきっかけになった。それまでは兄と私がずっとプールに行きたがっても、母は「ココミを出産してから太った」と、その誘いを頑なに拒否していたのだ。ここぞとばかりに私は母の水着姿を褒め、ようやっと、念願の家族プールという機会を摑むことができた。

更衣室から出て、消毒槽の前で待ち合わせた兄とプールサイドにあるフードコーナーでかき氷を頼んだ。父は持って来た手提げの袋から浮き輪を取り出すと兄に手渡し、椅子に腰かけて煙草を吸い始めた。

しばらくして、ハイビスカス柄のビキニを着た母がやってきた。昨晩、準備している母に「どう思う?」と意見を求められて、「かわいい」と頷いたものだった。

「なんだそれ」

その姿を見て、父が固まった。

「ちょっと派手だった? ココミが選んでくれたの」

「お前はそういうのを気にしない人種なのか？」

太ももに食い込んだハイビスカスの柱頭を指先で引っ張りながら直している母に向けて、「そこじゃない」と父は赤黒く縫合された線を指さした。目を丸くした母は、へその下にある凹凸をゆっくりと撫でながら「これ？」と勢いよく顔を上げる。私はかき氷を食べながら、黙って様子をうかがっていた。小さい頃から見慣れていた蚯蚓のようなその痕は、「コヨミを一生懸命に産んだ証拠」だと風呂場で何度も母に聞かされていた。どこか嬉しそうなその口調から、これはいい傷なんだと私は思い込んでいた。

「そんなに気になる？」

「明るい所だと目立つ」

母は浮き輪に必死に空気を入れている兄に近づくと「ねえカズヤ、あんたはこれどう思う？」と尋ねた。

「うーん、確かにちょっと」

「ちょっと？」

ぶうう、と思いっきり息を吹き込んで、「あーぁ疲れた、交代して」と途中まで膨らませた浮き輪を私の足元へ投げやり、母を見上げた。

「年の割には派手かも」

「だから水着じゃないって」

「はっ？」

「これ。ココミの痕」

「ああー、痕ね」

「うん」

「てか、なんかすごく太くね？　まっすぐじゃないし。縫い方が雑だったとか」

「……隠したほうがいい？」

兄と父が顔を見合わせて頷くと、母は大いにショックを受けたようだった。

母は足を少し水につけただけで、その後はずっとプールサイドで休んでいた。私がかわいいと褒めた鮮やかな水着を触ったり撫でたりしながら、のんびりと平泳ぎし続ける父や、浮き輪につかまっている私たちを眺めていた。父が悪いのか、私が悪いのか。誰も悪くないのか。プールにじっと浸かったままそのことを考えていた。あれだけ心待ちにしていた日なのに、楽しさも体温も次第に吸いとられていき、私は身震いした。母にあんな傷をつけるような生まれ方をしてしまって、今更どうしたらいいのだろう。

今の私だったら、あの盛り上がった傷痕も隠せるはずだ。ファンデーションテープを張って、水に強いコンシーラーで輪郭をぼやかせばより自然に肌と馴染むだろうし、プールに入った程度ではとれない。そうしたら顔の傷を消した時のように、いろんな角度から鏡を見て、母は喜ぶだろう。そう、これが今だったら、と何度も思う。今だったら母はあのビキニを着て、誰の目も気にせず、気持ちよく泳ぐことができるはずなのに。

＊

道には何もないからこそ運転が怖い。酒の入った夫の代わりにハンドルを握ると、湯上がりの火照りと共に下へ下へと落ちていった身体の重みがぎゅっと芯を固くさせる。飛び出してくるのが人間から心の読めない小動物に変わる夜の蛇道をゆっくりと進んでいく。

家の隣にむき出しになっている車庫に無事に車を止めて、強張《こわば》った身体をほぐしながら玄関に回ろうとしたときだった。頭に浮かんだ疑問符が数メートル先の、暗闇の中にあるぼんやりとした輪郭を摑む。何かが電柱の傍に立っているのが見えて、それが微かにうごめいたので驚いた。暗闇に目を慣らして見てみると、それはたしかに人影だった。

人間だけでなく、犬もいた。小さな犬を両腕で抱きしめたまま、じっと、音を立てることもなく、誰かが電柱の傍に突っ立っている。不気味に思いながらそそくさと家の中に全員が入ると、私はまた上がり框《かまち》に足を引っかけて膝から転んでしまった。

「なんか変な人がいましたよね」

扉が閉まったことを確認した夫は顔をしかめながら座っている妻を気にすることもなく、母に、ねっ、と話しかけた。鈍感ながらも気づいていたらしい。

「あの人、知り合いだから平気」

母の一言に、二人で固まった。

「えっ。そうなの？　じゃあ話したら？　何か用でもあるんじゃないの？」

「おい、まだいるぞ」

夫の声に息が止まった。リビングの分厚いカーテンを手繰り寄せ、わずかな隙間から外を覗く。母のスカイブルーの車の先に、犬を抱えたまま変わらない姿勢で母の知り合いは立ち続けている。

「見た目とかなんか不審者っぽいけど」

ソファに沈み込みアイコスを吸い始めた母は深く長いため息をつくと、「今日は娘たちが来るから、会いたくないって言ったのよ」と大仰に両手を広げて言った。

「えっ。かなりやばそうな人じゃないですか」

夫の声に母は目を丸くすると「そうなのかなぁ」とぼんやり心のないように言う。


母が前日にスーパーで買ってきたという百グラム九百円にもなる高級肉を慎重に夫が包丁で三つに切りわけた。私は押入れの中からガスコンロを取り出してテーブルの上に置く。見えることはないが、どことなく外からのねっとりとまとわりつくようなまなざしを感じるようで、監視されている気味の悪さが拭えない。背後から、そんな不穏な空気をはねのけるような景気のいい音が響いた。瓶ビールを母が胃に注ぎこんでいく一方で、普段つけないエプロン姿の夫が鍋を運んでくる。

「てっちゃんはいい旦那さんねえ」

母が似合わない夫の姿を見て感嘆の声を漏らした。

「うちもこんな気の利く人だったら仲良くやっていたんだけど」

一度も家事をしたことのない父のことを思い出したのだろうか、母は何度も夫を褒めた。

「テレビってつけてもいいですか?」

「この時間なんて何も面白いものやってないわよ」

母はリモコンを取ると、チャンネルをどんどん切り替えていく。若い男性が映るたびに「これはジャニーズ?」と問いかけては否定され、その都度笑いながら手元のグラスを傾ける。いよいよ酔いが深まってきたらしい。

「さっきの人ね、やっさんっていうんだけど」

エピソードトークを終えてひな壇の人達が手を叩いて笑っている場面から、視線を鍋の中の甘く粘り気のある表面へと戻ししゃっくりをした夫が「あ、ストーカーの」と言うと「違う、恋人」と即座に訂正した。

「え? 恋人?」

夫が目を丸くして私を見る。「聞いてない」と私も首を振る。俯《うつむ》いて、膝元、ジーンズが墓に掛けたワンカップの飛沫《ひまつ》で少しだけ濃く色づいたままであることを確認しながら、そのまま黙って話の続きを待った。知り合いではなく、恋人。それならば尚更、なぜ母の恋人は外に出されているのか。

「なんだ、それなら中に入れてあげましょうよ」

ねえ、と同調を誘うような夫の声がいつもより甲高く頭に響く。

「締め出しているのも気が引けるし。俺たち、全然気にしないんで」

「いいわよいいわよ、気まずいし」

「外に追い出しているほうが気まずいよ」

途端にその男に興味が湧いてきて、夫に加勢した。

「いいっていいって」

母は鼻の下を人差し指で軽く押さえながら、「ほっときましょ」と他人事のように吐き捨てると、そのまま頬杖をついた。

「相手、いくつなの？」

「あ。写メある」

鞄の中から取り出したスマホを持ってきて、

「あれ、ちょっと待って、どこだっけ。ちょっと待って、ありゃ、固まっちゃった」

画面を叩いて指に舌を這わせて濡らすと、新聞紙をめくるように必死に画面をスクロールさせた。ガラパゴス携帯ですらうまく使いこなせなかった母に去年、私が買い与えたものだった。初歩的な使い方だけ教えると、「実践あるのみね」と母自ら、そこかしこの近所に咲いた花やその日食べた昼食のメニューや戦利品などを逐一スマホで撮って私に送ってくるようになった。

「これが見やすいかな。あのね、この人」

写真には五人の男性と母が、小さなダイニングテーブルを囲むようにして座っていた。テーブルの上には数本の酒瓶が並び、出来上がって少し経ちましたと言わんばかりに全員の頬が赤らんでいる。

「どれ？」

「真ん中。犬を抱えている人」

豆粒ほどの顔の大きさが並ぶ中で犬を抱えている人はすぐにわかった。人差し指と中指で慎重に、禁断の扉をそっと開くように画像を拡大していく。ストーカー。気味が悪い人。なんだか陽によく焼けている。ひげは生えていない。座っているが肩幅が広い。ガテン系。目尻が垂れていて、昔のやんちゃの名残なのだろうか眉毛がやけに細い。抱えられている白い犬はかわいい。マルチーズかポメラニアンなのかはわからない。

写真を見ながら、少しだけ父と似ていることを期待している自分がいたことに驚いた。

男性の横で、母がどこか照れたように微笑みながらも抱えられた犬を避けるようにして座っていた。片手には残りの少ない酒の入ったプラスチックカップ。

「これ、どこなの？」

「酒屋」

「居酒屋じゃなくて？」

「違うよ、酒屋。ほら、いっぱい酒瓶が並んでいるでしょ。もっとあるのよ、壁一面そう。奥の方には乾物も置いてあるし。こっちが路面に面してて長いんだけどね、入口は二つあってね」と数枚に分けて店内の写真を見せるが、どの写真もぶれている。

「あぁ、そう」

「犬もオッケーなんですか？」

「動物も食べ物も、持ち込みオッケー」

「お母さん、犬ダメなんじゃなかったっけ？」

「うん、苦手」

「へえー。居酒屋っぽいけど、なんか異空間っすね」

「でも居酒屋じゃないのよ。そもそも酒屋ってこういうもんなのよ」

「この人の何が良いの？」

自分の口調が思いのほか尖っていたことに気が付き、「どんな人なの？」と柔らかく聞き直した。うーん、と考え込んだ母は、その質問に応えるわけでもなく、しばらく考えた後、ぽつりぽつりと話し始めた。

実家の近くには、ずいぶんと古くから続いている酒屋がある。もうすぐ八十歳になる店主は二代目で、高校を卒業してから店を継いでいる。ざっと創業九十年の老舗へ、母は決まって毎晩嗜《たしな》むための酒を買いに行く。もともとは乾物屋と八百屋も兼ねていたその店は、今は品を酒に絞り、少量ではあるが置かれている乾物や缶詰をあてにして、狭い店内で一杯三百円という安価で酒が飲めるスタイルを続けている。犬の散歩をしながら立ち寄って飲んでいく人、元役所勤めの老人、近所の医者の奥さんと客層はさまざまで、一番若い客でも四十歳の宅配便のお兄さんだという。エアコンがないので夏は外にビール瓶の箱を出し、それを椅子代わりにして店の軒下で飲むという前時代的なシステム。

店主の奥さんは隣の市に畑を持っていて酒屋を兼業で手伝っている。夕方、奥さんが畑の作物を持って帰ってくると、その時に取れた野菜を使ってサラダや天ぷらやマリネや豚汁や煮びたしなどの料理がタダで提供されるらしい。

「本当は衛生法的にいけないんだけどね」

「コスパ良いですね」

「そこにやっさんがいたのよ」

「何している人？」

「たしか、階段の手すりをつけたり」

「じゃあ、大工？」

「いや、それとも違う。あぁなんていうんだっけ、わすれた。バツ一で、犬が今病気なんだって。白内障でほとんど目も見えないの。なんだか見てたらかわいそうになってきちゃって。目に見えるほど弱っていて、前に飼ってた犬はひかれて死んでしまって耐えられなかったのに、またこの子までいなくなったら俺はもうどうしたらいいんだろうなんて嘆くのよ。男性の方がそういうとき案外弱いわよね。好きというよりかは同情みたいな感じ」

そこまで話したところで、母は思い出したかのように鞄からサプリメントを取り出し、口の中に勢いよく放り込んだ。スーパー内にある薬局の売り場で揃えられているサプリメントは私も昔よく飲んでいたものだった。効果を実感する前にやめてしまった。母の喉元を窮屈そうに通過していく錠剤を目で追っていくと、一人でひっそりと暮らし続けていた母の寂しさが私の心までをも締め付けるように伝っていくようで、思わず「はぁ」と深くソファに沈み込んだ。

「ココミ、でもよかったじゃん。お母さんが一人でいるの、なんだかんだで気にしていたし」めでたいめでたい、と私の背中を慰めるように夫が叩いた。

「でもね、最近はなんか微妙なのよ、やっさん」

「喧嘩《けんか》でもされたんですか？」

「違うわよ。心の話じゃなくて」そう言いながら、左手で胸のあたりを叩いた。

「私、インポテンツの神に呪われているんだと思う」

夫の皿を持つ手が止まった。顔は固まったまま、手元の、泡立つほどにまで乱暴にとかした黄身を見つめている。

「……インポにも、神っているのかな？」

恐る恐る確かめるような声で、暫《しば》しの沈黙を破ったのは夫だった。

「絶対そうよ」母が神妙な顔で頷いた。

「もう、どう対策したらいいのか全くわからない」

「あぁ…。でもほら、今って薬とかあるじゃないですか。うーん……だってバイアグラとかそういうの、そんなに高くないって聞きますよ」

母は、そうでしょ、そうだよね、普通はそうするよね、と首がもげそうになるほどに夫の言葉に頷き続けた。

「やっさん、薬は飲みたくないんだって。意地でも。男のプライドが許せないんだって言うの。だから、針金でもいれようかと思うくらい悩んでいるのよ」

鼻の下を指でこすりながら、やんなっちゃう、とアイコスを吹かす。

「ほんと、あんたのお父さんと同じようなこと言うんだから」

母は私をぼんやり眺めながらそう呟いた。


「カズヤの時は自然分娩《ぶんべん》だったから何も気にする必要はなかったんだけどねえ」

夏休みが明けた初日、学校から帰ると、母が誰かと電話をしている声が聞こえた。口調から、電話の相手は叔母のようだった。リビングに入ると、片手に受話器を持ったまま、母が私に「おかえり」と小さく手を振った。ランドセルを下ろしてソファにひっくり返っていると、母がぐっと声を潜めて、まぁね、と相槌《あいづち》を繰り返している。

「でもさぁ、コヨミの痕が、まさかインポにさせちゃうなんて思わなかったし……」

自分の名前があげられたことにぎょっとして、私は母の後ろ姿を見た。コヨミの痕、という言葉が、兄がつけることはなかった母への刻印であったことがすぐにわかると、耳をそばだてて話の続きを待つ。

「……そうそう。あの人、明るい所で見たことがなかったからトラウマになったっていうのよ。でもさ、私がトラウマになるならまだしも、痛みを感じたこともない側の人間が私を拒絶するなんておかしいと思わない？　こんなのストッキングの痕と大して変わらないと思うんだけど」

プールサイドで固まっていた父が、ずっと凝視していた母の傷。頭の中ですぐに先日見た光景が蘇り、一致した。

トラウマ。拒絶。電話口での母の言葉を反芻《はんすう》し、その意味を確認する。自分が引き裂いたものは、母の身体だけではないとそのとき初めて知った。

＊

「お母さん、どうしちゃったんだろうね」

二階の部屋へ上がっていく母の足音を聞いた夫が小声でささやいた。真上には母の寝室がある。ベッドの横に敷いた布団からいつもはすぐに寝付いてしまう夫の、頭の上で腕を組んでやけに神妙そうな横顔を見る。

「あんなあけすけに言われるとちょっとまいるよなぁ」

「あの人は昔からあぁだよ」

疲れていたせいか本音がこぼれる。インポテンツ、バイアグラ。どんな言葉も平気で人前で言える人だった。私とちがって。

「相手もなんか、気色悪いよな。俺、どんだけ病んでも恋人の家の前で待つなんてしたことないぞ」

「顔も微妙だったよね」

二人で好き勝手な感想を言い合っていると、夫が「うーん」と唸《うな》り始めた。

「やっぱりうちに呼んだ方がよかったのかな」

「別に何も変わらなかったと思うけど」

「そうかなぁ。コヨミはいつも、家族に対してどこか冷たいよな」

夫に惹《ひ》かれたのは何事に対しても大味なところだった。夫は飲食店の店員がいつまで経っても水を出さなくても、私が一時間も待ち合わせに遅れてしまっても責めることはなかったし、作ったご飯が首をひねるような残念な出来栄えになってしまったとしても「美《お》味《い》しい」と私を褒めた。「それは大味というよりかは大らかっていうんだよ」という美香の言葉を聞いて、身体のどの部位にもぴったりの服を着たときのような密着した気持ちよさを感じた。

結婚して二年が経っても、我が家に人が増えることはなかった。妊娠した美香が遊びに来て帰っていった後に、その膨らんだお腹を見た夫が「俺と美香ちゃんの腹はごぶごぶだな」と自分の腹を擦りながら言った。

「結婚してすぐって、よっぽど相性がいいんだね」

私は皮肉めかして、夫のその固く張りのある腹を叩いた。結婚当初は私たちにも勢いがあって、励んでいた行為のひとつだった。身体の中に新しいスペースを作って待てど、入居人が訪ねてくる気配は全くなかった。簡単に妊娠に躓き、情熱が下降していく。嫌気と共に浮き上がってくる本音を、私たちはなぜか互いに隠していた。

「でも俺の周りにもいるよ、そういうひとたち」

頭を掻いていた夫はどこか当たり前に、当たり前なのだけれど至極面倒くさそうにそう言った。

「そういうひとたち？」

「スナイパーみたいなやつがいるんだよな。一発でしとめられるような」

「一発かどうかはわからないじゃん」

「まぁたしかに。名スナイパーでも獲物がすばしっこかったら、つかまえられないもんね」

「何それ。私の卵子が逃げてるってこと？」

夫は慌てて「そういう意味じゃないよ」と言い逃れするように無理やり笑ってみせた。

「でもさ、これを機に病院に行ってみてもいいんじゃないか」

「その前に『回数』を増やした方がいいんじゃないの？」

「そんなに少ないのかな？」

うーん、と夫は唸り続けるばかりだ。

「そっちこそ、本当はどうなのよ」

「なにが？」

「子供。ほしいの、ほしくないの？」

「良いと思うよ、子供は」

「良いと思うよ、じゃなくて。変わるんだよ、今の状況も生活も、全部。自由だってなくなるし。一人の時間だって持てなくなる。ゆっくりゲームしてる暇だってなくなるよ」

「……そうだろうね」

自分自身に向けてなのか、それとも私に対してなのか。夫は二人に言い聞かせるようにもう一度、「そうだろうね」と、深く、ゆっくりとそう呟いた。


数日後、私は、嘘をついた。帰宅してトランクス姿のまま開放的にソファに座り込んでいる夫を見ているうちに、気づいたら口が先に動いていた。

「実はさ、今日病院に行ってみたんだけど」

「えっ」夫は開きかけたスマホゲームを閉じて、私のお腹を見つめた。

「なんて言われた？」

「別に何も異常はないって」

私は声を潜めて、しんみりとそう伝えた。

「そうなんだ。……他は？」

「セックスするタイミングを考えた方がいいっていう事と、旦那さんにも原因はあるかも、だって」

「なるほど……」

「うん。だから私だけの問題じゃないって」

しばらく夫は天井を眺めていた。今咄嗟《とっさ》に思いついたことのように、「やっぱりさ」と口を開く。

「そんなに二人が無理することはないんじゃないか？」

「無理するって、そんなに辛い話してる？」

「だって、結局子供を産むのもコヨミになるわけだし。義務的に回数を強いられるのも負担にならない？」

「なに、心配してるの？」

産んだ後の自分の生活と、産もうとする私。どっちの心配？　言葉を飲み込んで、夫の反応を待った。

「そりゃあ心配なことはたくさんあるよ。でもこの際、逆転の発想というか、ポジティブに考えるのもありかもしれないよ」

「逆転の発想って？」

「いや、だって子供一人育てるのって二千万かかるって聞いたことあるし。産まないならそれを二人の老後にあてる、って考えるのもありなんじゃないか？　そういう夫婦だって案外たくさんいると思うんだよな。子供ができたらできたで、それは勿論《もちろん》おめでたいことだし。そういう前向きなスタンスで構えるっていうのはどう？」

声色に安堵の色が交ったことを、私は聞き逃さなかった。実は妻が産婦人科に行っていないことも、鈍感な夫は何一つ気が付いていないだろう。

「何かを育てることが好き」と言ったのは誰だったか。「子供も欲しいし、仕事はそんなに頑張らなくてもいいんじゃない？」と結婚前に言ったのは？　今、熱心に養育したいのは、画面の中の生き物だけということか。

夫の前では失望したような顔をしてみたものの、その卑怯な言い分に、実は私も、少し安心したのだった。新婚の頃の浮き立った気持ちも消え、いざ妊娠が現実のものとして目の前に迫ってくると、身体を引き裂いて命が飛び出してくることが怖くなってしまった。よかったじゃないか。私だってほしくなかったのだから。妊娠することが、女性が女性としての機能をとことん使いこなすことが当然であると提唱し続けられる世界に、美香のように細かく慎重に、全てのことを確かめながら生きなくてはいけないことに、どこまでもついていけなかった。結果、夫はそんな私を、見捨てることも救うこともしなかった。

若々しさを保つために飲んでいる母のサプリメントのように、夫に黙って避妊薬を飲み始めたのはいつだったろう。膨れた腹を切り裂くことに消極的ならば、いっそのこと身体の負担を減らしたいと思ったのだった。服用しているその避妊薬の、生理の回数を減らせるという効能も私にとっては魅力的だった。そうして、血を淀んだ気持ちと共に垂れ流すことが次第に減っていくと、産む覚悟もどんどん後退していき、私の性別はいったい何に属するのだろうと疑問が過《よぎ》る。

隣から、夫の穏やかな鼾《いびき》が聞こえてきた。枕に顔をうずめて、唸り声を沈めた。

産むこともないのなら弔《とむら》われることもなく、ずっと空っぽの胎内は、トラックの荷台で積み上げられていく石の欠片《かけら》のようにガタガタと鈍い音を立てて常に揺れるばかりだ。

自分が墓に入った後は、きっと、誰も来ないのではないか、と思った。燃えて砕かれた私を置いてくれる場所なんてないのではないか。それはこの世のどこにも、トラックの荷台にすら。父の荒れた墓のあの姿はそのまま、未来の自分の姿なのだ。ふと、父は本当に怒っているのかもしれない、と思った。こんな娘を、良いと思うわけがない。

＊

父が死んだとき、私は九歳だった。脳梗塞《こうそく》で、倒れたらもうあっけなかった。何もわからぬまま通夜に訪れた客を見送り、黒のワンピースを脱いで床に寝転ぶと、テレビをつけた。

その瞬間、死後の冷凍保存という言葉がテロップで表示され、化粧の濃い女性が大きな口をぽかんとだらしなく開けた。「なんですかそれっ。めちゃくちゃ近未来！」凄い凄いの大合唱と共に、「既に世界中で予約をしている人たちがいるんですよ」と司会者らしき男性が指さし棒でモニターをぶすっと指すと、世界地図とその国ごとに予約している人数が現れた。ある国では希望者が五人くらいいたけれど、誰も予約していない国もあって、総合すれば思っていたよりも少ない人数だった。その中にある「日本からは一人」という吹き出しをじっと見つめていたら、なんだかとても良い案のように思えた。

テーブルの上で喪服のまま溶けるようにうつぶせていた母を起こすと、テレビを指さして「まだ燃やしてないし、保存しようよ」と提案してみた。

「そんな食べ物みたいに軽率に言うんじゃないよ」テレビを消してほしそうに手で払いながら、「せっかく死んだのにまた起こされたって困るでしょ」そう言って、母は唇にまで到達した鼻水を乱暴にすすった。「インポ」だからだ、と思った。母はもう、「インポ」の父はいらないんだ。

それから三日後、母が行方不明になった。家の辺りをぐるぐると何周もして探したけれど、見つけられなかった。スーパーや隣町の叔母さんのところ。墓地。予測はことごとく外れて、そのたびにくたびれて家に帰った。

翌日の夕方、母の作りおきのおかずもなくなり仕方なく兄とポテトチップスを食べていたら、けたたましく電話が鳴り響いた。電話をとった兄の頷く声がだんだんと低くなっていく。警察からだった。

保護されていた母はひどく酔っ払っていて臭かった。身体の軸はおろか骨まで抜かれたかのようにぐにゃぐにゃになっていて、誰かに支えられていないとすぐにそのまま床に溶けてなくなってしまいそうだった。

「勝浦さん、ほら、息子さんたちがきましたよ」

「げっ、すげえ酒臭い。もー帰るよ」

ユヨミ、母さんの鞄もってあげて。兄が母の身体に腕を回し、よっこいせと担ぎながら警察の人達に次々に頭を下げて謝った。そのたびに母の小さな頭が落ちてしまいそうなほどに激しく揺れた。

発見されたとき、母は近くの神社で寝ていたらしい。神社。その言葉を聞いたとき、兄が「まじかよ」と顔を歪ませた。そこで神主の息子が兄と同級生だったことを私も思い出した。ぶつぶつと変なことを唱えつづける妙な女性が倒れているのを見つけて通報したのが、朝の掃除をしようと外に出た神主の嫁、つまり兄のクラスメイトの母親だった。話が一区切りつくたびに兄が顔を赤くして、何度も謝った。「俺たちも色々と探したんですけど、そのときは……」兄は言葉を詰まらせながら、「でもそんなとこで寝てただなんてなぁ」と頭を掻いた。喧嘩ばかりで決して父とは仲良く見えなかったから、母のそんな奇妙な行動は二人ともどこか不思議に感じていた。「ここからだと遠いですし、送っていきますよ」警察官の一人がパトカーの扉を開けると、私たち三人を乗せてくれた。来るときに使った自転車のことを心配したら、「大丈夫、明日俺がとってくるから」と上から兄の力強い声が降ってくる。車窓から覗く景色がいつもと変わらぬものであるのに、悪いことをしてしまったようなむずがゆさを覚えながらも、うなだれた母の顔を覗き込んだ。

「大丈夫？」

「うーん……」

「………」

「怖い」

「怖い？　何が？」

おえっと吐き出すタイミングと、母が私の手を強く握るのが同時だった。酸っぱくて苦い、何の固形物も含まれていない母のとろとろとした液体がジーンズに付着した。

「とりあえず風呂に入れよう。この匂い、俺まで酔っちゃいそう」

帰宅すると、兄はそう言って、信じられないほど重くなった母を私に押しつけた。

「素っ裸だとさすがに俺も見たくないもの見ちゃうし、母さんに何か着させて」

タンスの奥にしまいこまれていた、例のハイビスカス柄のビキニをひっぱりだして着せていく作業は私が担った。私が母の身体を洗い、兄が頭をわしづかみにするように力強く、しかしながら丁寧に、母の頭皮を指の腹でしっかりと洗っていく。

「きもちいいわー」

母の身体から酒の匂いが消えていくにつれて、私と兄の息が荒くなっていった。

「毎日こうしてもらいたいもんだね」

オレンジと黄色の花柄のまま風呂から飛び出していった母は、どかどかと大きな音を立てて居間の真ん中で大の字に寝転ぶと、そのまま伸びて寝息を立て始めた。

「轢《ひ》かれたカエルみたい」

呆然と見つめていると、大きなため息を兄がついた。

「自然乾燥させておこう」

「平気かな」

「まだそんな寒くないし大丈夫だろ」

そうだね、と私も母の横で大の字になって寝転がった。大きな身体を洗うのはずいぶんと疲れた。母の膨れた腹を枕代わりにして額に浮かんだ汗を腕でぬぐう。兄がコップに麦下で止まる。

茶を注いで私に手渡した。任務完了だな、とこちらに笑いかけた兄の目線が、母のへその
「その傷痕、父さん怖がっていたな」

「怖がる？」

嫌がる、ではなくて？　そう思い尋ねると、兄は苦笑した。

「男はお前が思ってるよりも繊細なんだよ」

九歳の私には、四歳年上の兄の見ているものはまだ見えていなかった。首をかしげる私
をからかうように、兄は続けた。

「コヨミも大きくなったら、こうなっちゃうのかな」

「ならないよ」私は叫ぶと兄を睨《にら》んだ。

「だって娘は母に似るっていうじゃん」

「私は違う。絶対にこうはならない」

母の躰を掻き分けて、大きな声で宣言する。

「断言はできないじゃん。同じ血を継いでるんだから」

「絶対にならない！」

笑いながら私の反撃を流す兄を睨み、ドライヤーで母の髪を乾かしながら、こみあげる不安をかき消した。

翌日になると、母はいつも通り台所に立っていた。父の持ち物は少しずつ消えていったけれど、「新しい男」のものが増えることもなかった。少なくとも、私たちが成人して家をでるまでは、母の浮いた話は一つも聞いたことがなかった。

＊

気が付けば、いつの間にか私の周りに連れ添う人は、なるたけ母の要素を除外した人になった。せっかちではない。短気でもない。中国人は喋るときの声が大きくてうるさいとか、外人は体臭がきついとか、見事なまでの異国への偏見をもたない。動物を菌の塊《かたまり》と言わない。穏やかで、選ぶ言葉も口調も優しい。一緒にいて、なるたけ日常に波風をたてぬ品のある人が良い。隣におく友人も、恋人も。そうすれば心はどこか落ち着いたし、夫もまさしくそうだった。母のような女性にならないための選択でもあった。

私は起き上がり、寝ている夫を見下ろした後、ふと自分の部屋を眺めた。

この部屋も子供のころから何一つ変わっていなかった。布団をはいで、台所に移動し冷蔵庫を開けてみる。黒酢と日本酒が埋め尽くしたドリンクコーナー、何も飲みたいものも飲めるものもないと蛇口から水を捻《ひね》りだしてコップに注いだ。家具の配置も、テレビ台に置かれている小さな熊手も、長年の重みで沈みきったソファや隅に積もる埃やカーキ色の重厚なカーテンも、変わらずに母や私や兄の手入れを待っていた。

玄関に見慣れない靴の爪先がこちらに向けられたまま揃えられていた。二階に上がる前に母がかけたはずの鍵が開いている。ネイビー色のアップシューズは夫の物よりも少し幅が大きく、長く外で立ち尽くしていた際に吹きつけられた土埃が表面にうっすらとかぶさっていた。

階段を一段一段、踏みしめるように上がっていく。転ばぬよう、そして足音を立てぬよう慎重に爪先だけを固くさせて。十二段をきっちり数え、かつては母と父の寝室だった部屋の前に立つ。縦長の廊下の隅で丸まった絨毯《じゅうたん》から老いた家の肌が見える。何でも剝《む》き出しの母と、何でも隠そうとする私のようだった。そんな私をいつだってはねのけた母がここにはいる。ドアノブに恐る恐る、手が伸びた。

「……やだ」

背後から声が響いたような気がしてふりかえる。

「何を確認しにきたの?」

握りしめたドアノブの、指の先にまで伝わっていく戦慄《せんりつ》が扉の前から私を突き離そうとした。

「ドアを開いて、それで何を言うの?」

あぁ、そうか。これは、私の声なのか。耳に手のひらを当てながら、たしかに、と私は呟いた。自分の声はひどく乾いて滑らかには出てこなかった。

「一人になることをいちばん恐れているのが自分なんだってことを、認めたくないだけなんじゃないの?」

声は震え、反響するようにきりきりと頭の両面に響いた。ひとしきり駆けずり回っていたそれは溶けるように小さくなっていき、私は私が静かになると、その場にしゃがみこんだ。

父と兄が去った家で残された母の大量のナプキンを使っていくうちに、閉ざされるべき性へ、母へと近づいていくような身体が準備されていくのが嫌だった。

否が応でも肉体だけは母に近づいていく私をあざ笑うかのように、これから性を楽しもうとする母の軽やかさを理解することができなかった。そして母と同じように振る舞うことも、私には到底できないことだった。子供を産み、育てて送り出し、また新たに恋人を見つけるのは、容易《たやす》くできてしまえることなのだろうか。子供を持たないということは、一人のままでいることを選んだのだと、母から突き放されたような気がした。

次第に暗闇が私の身体を撫でてゆき、ようやく空間に溶けあえたと思った時、毛皮をかぶったようなけだるさが全身を襲っていった。父の顔を思い出そうとしたけれど、平たくてすごくつまらない顔が目の奥でたちあがった。こんな顔だったのか確信はなく、もしかしたら今まで好きになった男たちにもどこか似ていた。その顔はしばらくして兄になり、そして、母が見せた写真の男になった。陽に焼けた肌の男の眼光が私の身体の価値を問うように、お前には何ができるのかと鋭く私の腹を刺す。振り払おうとしたけど、彼らは私に跨《またが》ったまま、決して逃そうとはしなかった。

母に頬を手の甲で軽く叩かれて目覚めた。子宮の中で丸まっていたような身体がぎしぎしと痛みながらも開いていく。「え？　ココミ、そこにいたの？」階段の下では夫の驚いた声と同時に、トイレの流水音とドアの閉じられる音が聞こえてきた。母の部屋の前だった。「この子、昔も寝ながら家の中をぐるぐる動いていたのよ。やぁねえ、いい年してまだ治ってないんだから」「えっ、そうなんですか？　俺、全然気が付かなかったなあ」下から眺める母の、顎下に伝っていく青白い血管が白くて薄い肌から透けて妙に艶《なま》めかしく光り、私は思わず顔を背けた。

なんとなく気になってカーテンを開けてみたけどそこには誰もいなかった。その代わりに、電柱と電柱の間には、小さくて白い石と、一回り大きい黒い石があった。黒い石は朝陽を浴びてつるつると輝いていた。トラックの荷台に詰め込まれていった墓石の断片のように乱雑に放り投げられてささくれだつことを知らない、穏やかな丸みと光沢を帯びた石だった。そこに寄り添うように重なった小さな白い石を見つめていると誰かがまた背中を押したような気がして、私はカーテンを静かに閉めた。

「ココミ、これも持って帰ってくれない？」母がジップロックに入れた大量のおかずを持ってきては私の肩を叩く。ひとつひとつのジップロックにはいったものの説明を急かすように話しはじめる。母の頭の頂、大人になってから知ったつむじの形をまじまじと見つめる。薄くなった髪はパーマをかけたばかりなのか波打ち、ところどころ白髪が染まり切っていない毛先に陽ざしが透けるように差し込んでいった。

車に乗りこんだとき、微かに線香の匂いがした。はじめは気のせいかと思ったけど、車の速度を上げていくたびにどんどんと鼻の奥でその匂いは濃く強く離れなくなり、それは運転席に座っている母から香っているものだと途中で気が付いた。駅へ向かう車の中はやけに静かだった。砂利道を進み、道幅の広い道路へ出るとそこを境目に太陽光パネルが敷き詰められ、その先にちらほらと集落の気配が見え始める。こんなところにもまだ出会いは転がっているものなのか。美容外科まで車で一時間もかけて走ったという母の横顔を助手席から見つめた。「今日もこの後、病院に行くのよ。注射しに」と左足を繰り返し擦り、鼻の下を伸ばしたり唇を上げたりしながら、まっすぐに前を向いている。

「あんたも転ぶようになったら気をつけなさいよ」

もうなっているよ、と言いかけて、小走りで道路を横断している鶺鴒《せきれい》の楊枝のような脚をみつめながら、ふと思いついてスマホの検索エンジンを立ち上げた。

「へえ、あれカルツォーネっていうんだ」

「なに?」母は私の声に引っ張られるように左の耳を傾けた。訝《いぶか》しげに「なにそれ?」と尋ねた。

「覚えてない?」

「なんだって?」

「お母さんのお腹だよ」

「お腹? そんなに平たくないけど」

あんたは昔から本当に変なことばっかり、と母は続ける。そうじゃなくて、とため息をついていたら、ロータリーに四角く描かれた白線内に車が綺麗に収まった。

「まぁまぁ、二人とも気をつけてね」

ロックの解除される音が大げさに車内に響く。

「てっちゃん、ココミのこと捨てないであげてね」

自分の手がドアを、母を離し、足が動き出した。母が身体を伸ばし、開けた窓から手を振ると、夫が乱暴に私の右手を手繰り寄せて母に軽く会釈《えしゃく》をした。夫の手はひんやりとして冷たかった。自分の体温を奪われぬうちに、吸い込まれぬうちにたしかに振り払いたかったはずなのに、私は夫のその手を、なぜか強く握りかえしていた。

初出：春、死なん「群像」二〇一八年十月号
ははばなれ「群像」二〇一九年十二月号

紗倉まな（さくら・まな）

1993年3月23日、千葉県生まれ。工業高等専門学校在学中の2012年にSODクリエイトの専属女優としてAVデビュー。15年にはスカパー！アダルト放送大賞で史上初の三冠を達成する。著書に瀬々敬久監督により映画化された初小説『最低。』、『凹凸』、エッセイ集『高専生だった私が出会った世界でたった一つの天職』『働くおっぱい』、スタイルブック『MANA』がある。

春《はる》、死《し》なん

二〇二〇年二月二十五日　第一刷発行
二〇二〇年六月十七日　第三刷発行

著者　紗《さ》倉《くら》まな
発行者　渡瀬昌彦
発行所　株式会社　講談社
東京都文京区音羽二・一二・二一　〒一一二・八〇〇一
電話　出版　〇三・五三九五・三五〇四
販売　〇三・五三九五・五八一七
業務　〇三・五三九五・三六一五
印刷所　凸版印刷株式会社
製本所　株式会社若林製本工場

定価はカバーに表示してあります。
落丁本・乱丁本は購入書店名を明記のうえ、小社業務宛にお送りください。送料小社負担にてお取り替えいたします。なお、この本についてのお問い合わせは、文芸第一出版部宛にお願いいたします。

ISBN978-4-06-518599-5
N.D.C.913 159p 20cm